DA DI HUI SHENG

吴胜之 著

四川文艺出版社

图书在版编目（CIP）数据

大地回声 / 吴胜之著. -- 成都：四川文艺出版社，2022.4

ISBN 978-7-5411-6247-3

Ⅰ.①大… Ⅱ.①吴… Ⅲ.①长篇小说—中国—当代 Ⅳ.①I247.5

中国版本图书馆CIP数据核字（2022）第025068号

DADI HUISHENG

大地回声

吴胜之　著

出品人	张庆宁
责任编辑	李国亮　孙晓萍
封面设计	赵书
内文设计	史小燕
责任校对	文雯
责任印制	崔娜

出版发行	四川文艺出版社（成都市锦江区三色路266号）
网　　址	www.scwys.com
电　　话	028-86361802（发行部）　028-86361781（编辑部）
邮购地址	成都市锦江区三色路266号四川文艺出版社邮购部　610023
排　　版	四川最近文化传播有限公司
印　　刷	成都蜀通印务有限责任公司
成品尺寸	145mm×210mm　　开　本　32开
印　　张	6.5　　　　　　　　字　数　150千
版　　次	2022年4月第一版　　印　次　2022年4月第一次印刷
书　　号	ISBN 978-7-5411-6247-3
定　　价	42.00元

版权所有·侵权必究。如有质量问题，请与出版社联系更换。028-86361795

楔子

绕过这片青青的树林子,翻越那道残破的边墙,向西行一至两华里山路,前面就是黔省管辖的梭罗寨了。一座庞大山体绵延压来,莽莽山体亲吻着天际线;梭罗河在幽深山谷奔腾咆哮,仔细聆听,大老远就听见从谷底发出轰隆隆的回响声。

那时梭罗寨是一个六十多户的村落。黑瓦房夹着泥巴墙依山而建;有的房子错落有致在梭罗河南岸排开;北边是带有梯田的坝子,上游的河汊修筑了一座水库,灌溉坝上两百多亩肥沃的良田。

深黑的夜晚,寨子四周悄无声息,七哥和八弟拿着各自婆娘的一双绣花鞋来到了金贵家。站在偏屋一副硕大的石磨面前,竹墙上悬挂一盏25瓦的灯泡,灯光在屋里显得昏暗和模糊。七哥疑惑问道:"金贵哥,用石磨压绣花鞋压得婆娘回来吗?""我也没有把握,过去老一辈人就是这样干的。"金贵说。一个巫师生前曾经告诉他,说家里的婆娘跑了,别慌张,赶紧用石磨压住女人的绣花鞋。金贵把三双绣花鞋放在磨盘上,挽起衣袖,又叫七哥和八弟帮忙,三人同时鼓劲使力抬起另一扇笨重的石磨盖上,只要压住女人的绣花鞋,就压住女人的魂魄,让女人日夜不得安宁,就想着回家。

金贵又带着七哥和八弟上月亮山喊魂。三个男人拖着孤独的身影出现在月亮山上。在夜色中,用手指合拢做成喇叭凑在嘴边,放开嗓门嘶喊自己婆娘的名字:银花……春花……金花……几声狂野、歇斯底里的呼叫声,划破了山夜的沉静。一阵呐喊,让藏在云团的半边月亮放出光明来了,几只萤火虫悠闲地在他们身边飞舞着。

原来堂嫂做媒,把她家的表妹银花介绍给金贵。银花嫁到他家,不到半年,她嫌金贵每天跑坝子拨弄那个土地没有多大出息。那时候打工潮刚刚兴起,她带着七哥和八弟的婆娘去了广东打工。两个月后,突然,三个女人的电话打不通了,金贵他们着急无比。

半边月亮又跳进了云层,夜色暗淡起来,三个男人叫喊声不停,凄凄悲凉的叫喊声与对面悬崖产生猛烈碰撞,回响不绝。余音萦绕山崖不散,惊得一只野山羊从山谷跳跃而出……

第一章

21世纪的第六个年头,时间已经走入夏至那个寂静的上午。近日梭罗寨气候变幻无常,老天时晴时雨,整天给人们带来湿漉漉的烦躁不安;坝上笼罩一层白色雾幔,雾气奔腾,盘绕在对面月亮山上,忽而蓬勃上升,一瞬间又遁影无踪。金贵在外签好合同回到家中,口袋里踏实地揣着一份两百多万元的甜菊合同,愉悦不禁涌上心头。他去了坝子一趟,看他种植的甜菊。刚走到地头上,好像不大对劲儿,他发现田野的甜菊死眉烂眼的,怎么亮不起色?金贵急忙拔起甜菊,便见根须暗黑,连续拔起十几棵观看,根须都呈现黑色状,几乎烂掉。他不放心,又跑下几丘不同地块抽查。坏火了,甜菊遭受枯萎病了,他暗自焦急地说。

天空放晴了,太阳从云团中露出脸盘。寨子的男男女女都来到坝上,眼见拔起的一棵棵甜菊根须变黑腐烂,辛苦种下的甜菊,瞬间变成一束蔫巴巴的枯草,人们忧心忡忡的。几十个人聚堆而坐，在坝上那棵大槐树下，脸上浮起愁怨，议论纷纷。

众人眼睛望着金贵，指望他拿主意。金贵阴沉着脸，怏怏不乐地说："甜菊发地火了，我也没有办法。"七哥戴顶烂草帽，挽起两只裤筒一高一低，匆匆忙忙疾步奔来，拿起一把蔫坏的甜菊给金贵看，说："金贵哥，这下怎么办哦，甜菊真没了，还有银行的贷款。"说着，脸色比哭都难看。他问金贵有药治吗，金贵说："这发地火的病，真没有药治。"他告诉七哥，刚打电话问过植物所了，专家们说这是连年种植造成的，他们也没有办法。金贵说着，立即把签好的合同从衣兜里拿出来，七哥瞄合同一眼，着急，一副沮丧的神色走回地头，蹲望着晒蔫的甜菊发愁。

秀梅也来到坝上，她家种了十亩的甜菊，有几亩田土是租地种的。她走到田里查看一遍，甜菊叶尖遭阳光照射萎蔫垂下，植体失去了呼吸。秀梅一脸忧愁，辛辛苦苦忙活一年，不但没有收入，反而倒贴银行贷款。秀梅想着，一屁股坐在地上号哭起来。

金贵脸色阴郁，走过来无奈地对秀梅说："这是没办法的事，银行的贷款，我帮你还。"

"不，金贵哥，我自己归还。"秀梅起身揩着脸上的泪水说。她晓得金贵在她贷款合同上签有字。金贵和秀梅正在说话，八弟走来了。八弟的损失更为惨重，这年，他是梭罗寨种甜菊最多的大户。他是个急性人，心比天大，一锄就想挖个金娃娃，在自家的田土种上七亩不够，还租种了他堂伯荒芜的五亩旱土。"金贵哥，七八万票子泡汤了，这可咋整，真的垮家了。"他唉声叹气地说。

坝上，大家在田头上沉默无语，正在兴旺中的甜菊产业刚刚看见一线希望，就给这发地火的瘟病残酷地扼杀了。有的满脸怨气在骂娘。一个叫巴拉云的中年男人，嘴唇上有道斜伤疤，他粗糙地骂起来："真的又像那年种黄麻了。什么鬼年成，一根草草也发瘟病。"他又抓起一把泥土撒向天空，仰面朝天呼叫，"老天爷，你让我们收一季甜菊再发瘟也好。"他这张油嘴巴乱煽，竟然对上苍煽出这样的牢骚话。人们七嘴八舌聒噪，有些话且有责怪金贵的意思。众人叫骂不出名堂，起身拍了拍沾在屁股上的野草愤然离去，一时间红火的金贵甜菊种植协会几乎打狗散场，曲终人散。

　　金贵回到家，正在端碗吃饭，他爹知晓坝上甜菊发瘟的消息，对金贵数落着，又踢鸡打狗的。"今后寨子人不晓得怎么咒骂你！你真变成麻乡长了。你真认为种地能种出金娃娃来吗？我的崽，只有谷子满仓满库才稳当。"他说他好在留下一亩多地种了稻子，不然连饭都吃不上。老人一个劲儿数落，金贵终于忍不住了，不由冒失地顶他爹两句："那是发地火的事，我有破天的本事吗，又不是垮价。"一时间屋里的空气凝固。他妈听老头的话逆耳，不管金贵平常做事是对是错，她都要护着金贵。她一面收起碗筷，一面对金贵爹瞪眼："崽遇事你就骂，没有这个崽，靠你这个老货，恐怕这辈子都翻不起身。"金贵妈说着，还揭起老底。其实当年她嫁给金贵爹，只有两间正屋相连一间斜歪的偏厦，家徒四壁，金贵爹哄她说是大户人家。老人话中意，如今居住三间二层楼的新房，是金贵靠种甜菊挣钱盖起来的。金贵烦躁不已，尽管他妈在帮他说话，心绪始终好不起来。他说："您二老不要争吵了，不会让你们饿饭的。"好在二老不晓得他贷款担保的事，他爹这张老脸，不严自威，要是晓得了恐怕要拿扁担砍人，会骂他是个败家子，只会做那些垮家的事。金贵想着，心里感到可怕。他沉着脸，走上楼蒙头睡觉。他明白，担保户的甜菊没了，肯定还不起贷款，石行长会毫不客气找上门。他和石行长表面交往深，算是哥们儿，一旦到了关键时刻，恐怕那哥们儿只会认钱。思来想去，金贵躺不下了，又从楼房走出，心里焦虑着他担保的十二万元。

他妈不知道他的心事，又扯起话题，说："今年把你和秀梅的事办了，秀梅心思多，恐怕十有九变。"金贵显得不耐烦，说："妈，这事用不着你老人家操心。"他爹坐木椅上吧嗒吧嗒抽着旱烟，闷鼓鼓地不搭白。接着，他感到无趣，自己便背起刀上山砍柴去。

三天后的一个下午，秀梅把金贵约出来，在后山的松树林坐下，两人的心情忧郁，沉默无话。对面起伏的山岗上，有人吆喝着牛翻犁旱土。秀梅仰头望着太阳，脸上一层细细茸毛，被太阳照射泛起金光，一双湿润乌黑的大眼睛在树影里忽闪。秀梅说要出去打工。金贵说："秀梅，我说过，你不必为那银行的事担心，不就是那两万块钱吗？我帮你还。"金贵说得干脆利落，说他另一本存折上存有三万元。秀梅说："不是那银行贷款的事，兄弟上大学需要钱。眼下父母亲老了，没有这个能力，只有我扛了。"一对相恋的年轻人心情沉重，再没过去相见撩开那份浪漫的激情。金贵劝她说："真的要走，一个月后再走，我与你一起出去打工。"

二十多天过去，坝上甜菊没了，杂草却高扬起来，开着蓝、粉、白、黄四色花，坝上荒草一片。只剩下零零星星几丘稻田栽有秧苗，一切冷冷清清。甜菊的失败对金贵打击太大了。这天中午，他从田里走出便爬上对门山头，坐在草地上发愣，望见天空飘浮着美丽的云彩,像用排笔刷出来似的。脚下的田野没有一个人,强烈阳光照射下的坝子皆是荒芜的悲凉。他躺在草地上,勾起往事。想当年,二十五岁的他,从一所农业职校毕业。三舅在县人事局当一把手,给他在县城一家公司谋得一份好差事,他那日鼓日鼓的脾气,在公司只上半年的班,就不愿干了。他嫌当时一个月几百块钱工资低,盘不活人,况且没钱在城市买房。加上家里父亲年龄增大,渐渐种不动田土了,倒不如回家种地照顾老人。一个念头就回到梭罗寨,当时人们都说他是个大傻瓜。

好多农村的娃,一心想离开土地向城市奔。他却回到梭罗寨务稼穑。一天,寨上的人们都在坝上干活,干活累了都在那棵大槐树下歇息闲聊。金贵在众人面前,坦诚说出回家种地的充分理由……

他说出几番对土地富有感情的话,人们不屑一顾,好像没有人把一个字听进耳朵,只是嗤之以鼻。在众人的心目中,这个年代还回家与土地打着交道,那一定是个没有出息的娃。

当时金贵种地雄心勃勃。坝上种着庄稼,又腾出田土试种多样挣钱的作物。但在试验中屡战屡败,屡败屡战,旁人眼里看来都是荒唐。他却在探索和寻找突破口,他发誓种地不仅为讨生活,而且要弄出颠覆性的东西,好像天生他就带着那种素质,大有不撞到南墙不回头的倔劲。因为他这种不屈不挠,他发现南美洲乌拉圭的甜菊。某省植物所有这洋玩意儿,他打听到这热带植物非常值钱。这年春天,他特意牵去一头黑山羊交换,把甜菊种拿回坝上试种,但心里始终没有谱,因为这里是高海拔的大山深处。谁知当年甜菊长得枝繁叶茂的。不承想在采收季节,一家公司开车到地头收购,一亩的甜菊,当场给了九千多元钱。他试种甜菊大功告成。人们在土地上已经种不出挣钱的物产了，忽见他种这洋玩意儿数起大把的票子。梭罗寨人憋不住了，于是纷纷登金贵家的门，跃跃欲试，说他们也要种植甜菊。

那时候梭罗寨几乎田土闲地、旮旯角角都种满了甜菊。春夏时节，当你走进种甜菊的田间地头，便见地头上蒸发一层白色雾气，甜菊的一种异草芬芳，熏着鼻腔和喉咙。芬芳弥漫、草色青幽，到处溢满了烂漫的景象。人们种甜菊开始尝到了甜头，一时间停不了手了，几年下来挣得些钞票。一天早上，当年那个叫七哥的小伙子，他闷鼓闷鼓地拿起蛇皮口袋，从银行取回八万多元的票子回家修房子。一些人家靠种这甜菊修起了砖瓦房，人们皆大欢喜。金贵满脸春风，胃口吊大了，正想把甜菊做大，岂料好景不长……

金贵躺在草地上手枕着头，暖暖的阳光爱抚着他的身体，双眼望着飞鸟和彩云，脑海正在翻滚过去的事儿。忽而想起离婚后银花对他投来的鄙视目光，对他挖苦和刻薄的话还铭记心头。想着，不知不觉地昏昏入睡。半个时辰过去，不远处有头黄牛正在吃草，发出哞哞的叫声，顿时把他从深梦中叫醒。他默默无语，直面种甜菊的惨败，他感到陷入困惑和窘境，一股后悔的情绪爬上心头。

第二章

　　金贵正在坝上无奈地收拾残局。在收拾枯叶破裂的细微声响中，烧毁那些枯褐色的甜菊，准备在八月秋种上一季蔬菜。手机响了，一看，是七哥的号码。七哥在电话中说，他和八弟已到厦门打工，在溪县揽到一个百万以上的工程，叫他带着协会的公章赶紧来一趟。七哥和八弟种甜菊失败后去了闽省打工，在金贵眼里，凭他俩那点憨憨的秉性，轻易得手上百万元的工程，简直不敢相信，天上真会掉馅饼？他心持怀疑，若真正有百万元工程的活干，更是求之不得，他又想起贷款担保的压力，也许是个突破口。种甜菊损失了，何不从打工中补回？于是，金贵经不起诱惑，不管真假，决意动身去一趟，看个究竟。

　　第二天上午，金贵匆忙从鹤城出发，买票上了火车，直奔闽省溪县。但没有买到坐票，一上车车厢到处塞满了人，身体像插笋子般地紧挨着，双脚站麻了也难挪动半步。当到达溪县站时已是凌晨三点钟了。一辆面包车停在火车站的出口,七哥和八弟从车里走出来,三人在出站口见面,寒暄几句。金贵一天没吃饭,小站到处黑灯瞎火的,上车后他对七哥说:"有地方弄饭吗?我肚子饿巴骨了。"七哥望着车窗外,他说附近没有饭店。接着,他从后椅上取下一袋饼干递给金贵,又递上一瓶矿泉水。金贵拿起打开袋子,且坐在车上狼吞虎咽。他问七哥还有多远的路,七哥说不远,两个小时的路程。夜空忽然下起小雨,师傅发动车子忙着赶路。

　　车子在夜色中奔驰,一路上颠颠簸簸,四周一团漆黑。金贵分不清东西南北了,七哥和八弟躺在斜椅上恹恹欲睡。金贵吞了饼干垫底,勉强打起精神,望着车外的夜色,车子翻过一座大山,又驶下一条深谷,却始终冲不出黑暗。行驶两个小时了,面包车还在大山里盘旋。东方忽而露出鱼肚白,天亮了,朦朦胧胧的一座小村庄疏落地呈现眼前。车子驶进一幢红砖房的场坝戛然停下,七哥还没有醒来的意思,他好像在说呓语:"金贵哥到了吗?"金贵下车,他用手搭在额头上打望,这里不是城市,没有工厂,更没有他想象中的车水马龙的闹市,原是个夹皮沟似的山旮旯。他疑惑不解地问七哥,这山里有什么工程活干哦?七哥说:"金贵哥别急。"这时,他才实话告诉金贵,说干的工程,是给一家公司种树。金贵转眼,一块四方形的大招牌撞入他的眼帘,走近一瞧,招牌上绘着一张花花绿绿的地图,上面写道:"马鞍山万亩杉树速生林基地规划图。"种树设有指挥部,红砖房的大门上还挂着一块黄颜色的牌子。

　　天大亮了,远方的大山影影绰绰。太阳放射着孱弱光芒。大门"吱"的一声打开,一位六十有五的老人走出,拿起扫帚清理地上的落叶，七哥上前打招呼，问道："郑总起床了吗？"老人说："他正和女人睡觉，你们找他干啥？"金贵暗自好笑，真是个傻老头，老板与女人睡觉的事都要告诉。三人坐在一块石头上耐心等待，望着对面散落的小山村，村庄不大，约莫二十户，庄稼人的居所，小楼房建筑别具一格。四周还种上一排排芭蕉树，村庄前面有十几丘稻田，田里栽有大片楠竹。七哥对金贵说："别看这里是山区，但靠近沿海。年轻人都到厦门打工去了，这里的人很会赚钱，有的胆子大，也有的走偏门，肥水来得快。"金贵说："从住房的条件就看得出这里人的富裕，改革开放先富沿海，此话不假。"他俩闲聊，八弟坐在旁边不搭白，仰头傻傻地望着蓝天。七哥说："金贵哥，我们到前面种树的山头看看。"

"对，先去看看种树现场，心里有个数。"金贵说。他起身，一看胳膊袖上粘着一只黑毛虫，甩着衣袖抖掉。

这里山体不大，前面有两座马鞍形的大山相连，山上长满了密密匝匝的小灌木，灌木丛中夹杂着零星的茅草，还有那榉树叶簌簌地抖动。金贵看着，心里在盘算，工程真接起盘来，有不有窍头，心里没数。回头想，有活干也行。七哥在身边说着事儿，金贵心无旁骛，八弟又接嘴插话，说："我和七哥相识这个老板，纯属巧遇，刚到厦门打工，闲游七八天没有找到活干，身上只有五块钱了。那天看见在租房小区张贴着招人种树的广告，我和七哥就像在稻田理黄鳝洞似的理到这里。"七哥神秘地告诉金贵，说这个郑总是香港李嘉诚手下的大老板，有上亿资产。他在这里租了一万多亩的荒山，需要招收大量的劳动力上山种树。后来金贵才知道，七哥说的都是谎言，皆是他的添油加醋，瞎编一气。约莫半个钟头，经过现场查看，金贵感到工作量大，特别是上山割草木，这草木太厚了，不亚于刀耕火种的原始活。天色变了，头顶上堆积着厚厚的云团，它的黑翼已经洒下几颗零星的雨点。三人赶紧下山向指挥部走去，七哥带着金贵走进屋里，那个郑总起床了，已坐在办公室开始泡茶，他身边果然坐着一个妙龄的美女。郑总五十出头，身材敦实，方脸略胖，对于金贵和八弟的到来，他貌似漫不经心，只顾侍弄茶艺。

"郑总，我们老大来了。"七哥说。他抬头瞄了金贵一眼，便问道："你们的公章带来了吗？"金贵突然想起，说没带公章。七哥迟疑地问他，怎么那个印把子没带？金贵瞪了他两眼。金贵在谈正事，讨嫌别人插嘴。郑总把一份种树的合同范本递给金贵，他说："你们先拿着看看吧。"

一份两千亩种树的合同，金贵认真看着内容条款，共有八条质量要求，从砍山、垦复、挖窝、栽树，直到栽树的成活。种树亩价低，标底一千二百元的价。最恼火的是要包成活率，按成活率验收。其实这是一份霸王合同，只有约束你的，对方不受约束。金贵两眼落在标底上，吃惊不小，这两百多万元的标底，相当于种甜菊一年的收入。金贵明白，但付款方式令人难以接受，进场只付60%资金，所剩余的资金待翌年4月成活验收后付清。金贵与七哥不禁交换眼色，私下悄悄地说："工程赚不赚钱，只有碰碰运气，心里没谱，但付款方式有点苛刻人。"

"金贵哥，你拿主意，我们不懂。"七哥说。"再与老板周旋一下，争取付款再提高点。"金贵说。金贵仔细斟酌合同的内容，沉思片刻，他先开腔，说："郑总，合同的条款，关键是那付款方式，进场付款比例能否再前进点？"郑总听着。"怎么个前进？"他问道。"进场必须支付80%预付金。"金贵说。郑总倏地从木椅上站起，连说几个不行，他又说："我几百万资金的投入就看成活率，没有看见成活率，资金不能大额抛出，这是有风险的。"金贵据理力争，说："种树的山地我们看了，你那砍山的活够整的。山上到处是杂木和茅草，茅草割了还要垦复、挖窝，砍山的工作量最大。我测算了，仅砍山一亩，没有五六个工作日是拿不下的，还有垦复、挖窝、栽树，干的都是重体力活。我们不与你讨价还价，只求有活干就行，但那付款方式够呛人。"

金贵说事有板有眼的，老板听着不像一般农民的水平。但他很精明，始终不肯让步，几个回合攻不下来。金贵说："你郑总不肯让步，那我们干不成了，只好放弃。"他又对七哥和八弟说，"兄弟，搞不成，我们撤退，走吧！还要赶火车。"说着他装模作样径直走出大门，七哥和八弟不知道金贵葫芦里卖的什么药。郑总眼看金贵动真格了，心里着慌。后来听说，这个郑总的种树合同招过标，他这个标底，没有谁敢碰。有的说，起码要加双倍的价格。但金贵没有说提价的事，只是说付款方式。他沉思片刻，身边那个美女忙向郑总递眼色，不知在暗示什么，她嗲声嗲气与郑总说话，郑总转脸忙向七哥说："叫你老大回来。"七哥跑出门，高声叫停了金贵的脚步，上前附在他耳朵上许久，他俩才转身回步。其实，这是金贵的计谋。最后通过双方进一步协商，种树的亩价不变，这个郑总同意进场先付60%进场费，春节前种好树再付20%，成活率验收后20%余款一次性付清。

快到中午了，郑总也算干脆，合同进行草签。草签好合同，金贵饿得抵不住了，胃一阵阵痉挛，绞心地痛。他叫七哥赶紧到村子农家弄饭去。他捂着肚子,垂头走在路上低声对七哥说:"这叫激将法,又像赌博似的。"七哥对金贵佩服不已,他对八弟说:"还是金贵哥有办法,当时搞蒙了,我以为真的搞不成了。"七哥有些兴奋,他又说,"金贵哥,你见识多,我们听你的。你不出山,仅凭我和八弟这点耍门槛猴的本事,真拿不下这个工程。"金贵说:"价格是低点,但给寨子人找个活干。只有做赢,哪有算赢,碰碰运气吧。"胃痛略好了些,金贵又说,"为什么我要争取这笔80%的支付款,这笔支付款,可以抵回种甜菊的损失,我算过账的。别忘了,七哥,年底还有银行的贷款,不过,这次我们要到这里拼老命了。"

合同签订成功,七哥高兴。金贵沉默,那张红腾腾的脸盘没有笑容,心里有压力。八弟憨厚老实,不苟言笑,不大多话,脸上时而现傻。他们在开车的师傅家灶头上,炖着买来的土鸡。七哥跑步去了一家杂货店,打得两斤醇香的红苕干土酒。

那个师傅把大钵喷香鸡肉端放在桌上,热气腾腾的。他们要拼酒了,三四个白色陶瓷杯斟满了酒,时而举杯相碰,土酒的度数低,斗酒喝得没完没了,那土酒带来无比兴奋。

金贵胃痛消失,拼酒时,饿极了,又先刨两口饭垫底。接着又喝完半杯红苕干,那几杯黄汤落肚,一会儿酒醉,满脸通红,说话舌头打战。他瞪起血红的眼睛对七哥说:"在那个年代,听寨上老人说,你那个当民兵连长的爹,太直意了,上面说风就是雨,为追运动的那股风,又割什么尾巴啰。今天斗这个,明天批那个,闹得满寨风雨,弄得我爹与你爹有隔阂,多年老死不相往来。"金贵的酒话滔滔不绝,胡扯过去那一段龙门阵来。

七哥是个不会掩饰的直性人。他明白,过去老人隔阂结仇,在他们这代人没有遗传。不在乎老人做过的事,他没有与金贵发生争执,反而坦言说:"我爹是个大憨包,那个时候人家叫他杀人,他就去杀人。"金贵的话头又转了个弯,他反而公正地说:"话不能这么说,那是时代的背景,不是你爹使的坏。你爹也做过许多好事,他和老队长敢在大队干部面前说硬话,才修起梭罗河上游的水库,若是现在修筑,起码要有上千万的资金。还有坝上梯改田、机耕道……"三人喝醉酒了,脸颊绯红。八弟犯傻了,也喝醉了,平时不多话的他,却当着金贵的面说起他爹的风流事。他说他看见金贵爹与秀梅妈一起在山上捡菌子,说着话,一会儿不见人影了。金贵手里拿着酒杯,忽而腾地站起发怒骂道:"你混账八弟,你晓得没,秀梅妈现在是我亲娘妈了,你那张烂嘴不要在老人身上乱扯事。""别扯了,谈点正经事。"七哥劝说道。八弟正想继续下言,又把话闷回肚里。"你八弟暂留在这里等着,我和七哥先回去调兵马。"金贵放缓语气说起正事。夜晚,他们就在面包车师傅家住宿。师傅是这个村庄的人,他的车接人和送人只要给点油钱。第二天早上,七哥叫师傅把他和金贵送到溪县火车站。

金贵和七哥马不停蹄地从闽省赶回。第二天上午,他先来到秀梅家,秀梅不在屋里,只有她爹正在菜园几棵深绿的烟草叶上捉蚜虫,嘴里含着一根短烟杆。

"姑爷,秀梅不在家?"金贵叫道。

"她去坝子了。"秀梅爹几乎不高兴地说。他绷着脸,好像不大情愿抬头回看他一眼,为甜菊失败的事,也许心里还有埋怨。

金贵跑到坝上,坝上还是那样荒芜,惨不忍睹,有个别丘块清场了,准备种上秋季作物。坝子是他伤心的地方,若不是找秀梅，他再不想走进。先到被他清场的甜菊田里望了一眼，枯败的甜菊已被他爹割清，旁边种水稻的田里，杂草扯得干干净净。金贵走到下坝，果然看见秀梅正在地里干清场的活。其实，金贵和秀梅青梅竹马，耳鬓厮磨。秀梅长得有点样子了，那花蕾般的胸脯，经常让他心跳。不过，他少年的懵懂没有成熟。秀梅长成大姑娘了，为挣钱不得不去东莞打工。那时候银花她们还没有嫁过来。最后，秀梅嫁给公司做管理的一个粗糙男人。嫁人了也没得好的日子过，经常与她的男人为给家里寄钱吵架。这个男人不落教，每天喝着烂酒，半夜三更才归家，秀梅受不了，怒气之下，狠心丢下四岁的女儿回到梭罗寨，她和金贵相好后，经常在金贵面前诉说她那段不幸婚姻，金贵也向秀梅说出他最后与银花离婚的过程。

金贵和秀梅的结合，好像天赐的安排，两个人都有一段不愉快的婚姻。金贵腋窝里夹着东西，他在溪县等车时，走到附近一家超市给秀梅买回一套新款式衣服，价格不菲。

身影随着脚步已来到秀梅的面前，金贵叫喊秀梅两声。秀梅转过身子，她拿着一把月亮形的镰刀，脸已被太阳晒黑。"金贵哥，你上哪去了？"秀梅问。金贵说他去了福建一趟。"秀梅，我们在那里包得工程。这次我和七哥回来，叫大家出去打工。"秀梅一听，低落的情绪倏然好了起来。她说有这样的好事，她也要去。

"当然要带你去，我准备叫你帮煮饭管伙食。"金贵说着，把腋窝夹着的东西拿出来，"秀梅你看，给你买回什么？给你买回一件新款式的衣服。"金贵深爱着秀梅，相好两年间，他给秀梅买过八次衣服了。他为捕获秀梅的芳心，处处表现慷慨，出手大方，金贵已经疯狂地爱上了秀梅。秀梅也非常喜欢金贵，她省略了客气，接过用白色袋装的衣服。"又让你金贵哥破费了，金贵哥你真好。"秀梅感激地说。金贵奇突地想起亲切语言。他说："亲爱的，你是天上的云彩，对我来说，只要有你在，我一刻存在就够了。"秀梅听了脸红，扑哧一笑，用袖子捂嘴。"怎么，还不够深情吗？"金贵问道，"我们都是过来人，你还这样作弄矫情哦。"秀梅羞于说出我身子都给你了，你金贵还去卖弄啥啰。"别干了秀梅，赶快回去煮饭，今晚在我家开会，有好消息告诉大家。"金贵说。

  天没黑，七哥来到金贵家，金贵正在吃饭。"金贵哥，我在寨子叫喊三遍了。"七哥说。金贵刚放下碗筷，寨子的男男女女已来到他家。围坐在金贵家的院坝里。天气闷热，月亮隐匿在云层里，院坝脚下那条小溪哗啦啦地流响。从河沟吹来一股爽爽的凉风，吹得人凉飕飕的，凉风中还夹带着水草和鱼腥的气味。人们的情绪有些低落，这一围坐，大家心里都期待金贵给带来好的盼头。一条大黄狗趴睡地上自得其乐。院坝右边埋在地下的那根自来水管漏水了，嗞嗞地直往地上喷出细雨。秀梅和她妈来了。八弟家爹从来不到金贵家的，因为他与金贵爹有些隔阂，今晚他来了，算是个破天荒。他的到来，金贵客气地送上一把金黄色的草烟。他说这是他爹自己种的，让他尝尝滋味。金贵的爹在一边闷鼓闷鼓地抽着烟，不与谁搭白，但他的座位有点意思，一直挨近着秀梅妈的身边。人差不多到齐了，金贵叫七哥先发话，七哥不客气，他喜欢在众人面前抛头露面。他挺直着身子站在阶沿上，只差叉腰的动作，眼睛挺有神地转悠着。说话时，喜欢将一绺滑在额头上的长发往后甩。他说我们在福建搞到事了，搞到两百多万元的工程。把声调拖得长长的,顷刻提起人们的兴趣,大家伸长颈脖望着七哥。七哥喜欢登场,但说话口齿不清,吞吞吐吐大半天,一时惊慌卡住他不善言辞的口才。不知道他要说什么事,院坝里坐着的人有大有小、有老有幼、有男有女。他毫不忌讳,又信口开河扯起种树老板如何有钱,晚上还有美女陪着睡觉,好像在传播绯闻,惹得年轻人抿嘴好笑。八弟的爹急了,起身说:"七哥,有这样说话的吗?搞到什么事,说清楚点,莫东拉西扯的。"金贵忙解释说:"七哥说的意思,这次,我们在溪县签了个种树的合同,标底两百多万元,面积两千亩,合同是我签的。"金贵还给了七哥和八弟高度的赞扬,说他俩为梭罗寨办了一件天大的好事,"合同签订了,我们要组织六十多名劳动力下溪县种树,年前要完成任务,今晚召集大家商量这个事。"金贵说这番话,像往热锅里的油撒把盐,众人沉闷的情绪顿时又高涨起来。正在穷途末路而迷茫的梭罗寨人,仿佛找到突围的路径,于是一个个踊跃报名要去。秀梅第一个举手报名,金贵叫七哥拿起笔记着。金贵又做补充,说六十岁老人不要去了,一般拖儿带崽的媳妇不要去,亲戚朋友不要带。堂嫂看见秀梅报名,说她也要去。金贵为难地问那东瓜怎么办。"只有半年时间,叫你妈帮带一下。"堂嫂说。一会儿,七哥的课本上记满五十二个人,寨上七八个老人,他们说身体好得很,也去找两个烟钱。金贵反复给他们解释说:"你们老人家守好寨子,不要去凑热闹,那是动力气的苦活,要砍山、垦复、挖窝、栽树,不是去旅游玩耍。"

金贵对报了名的人员交代,既然都同意去,就要自带被子,自带镰刀,自带锄头,还有磨刀岩,一样不能少,后天出发。他说这是梭罗寨的男人第一次整体出山,为不去挤火车,他与桃城汽车站联系,包一辆长途客车直达,车费由协会出,直接送到溪县工地。好事送上门,一时间,梭罗寨人好像是从愁绪中挣脱出来的野马,年轻欢腾着挥臂呼叫一阵儿。散会了,但人们迟迟不肯散去,还在向金贵问长问短。那轮明月从云层钻出来,给梭罗寨洒满了一地的银辉。

第三章

　　天麻麻亮，种树的队伍出发了，梭罗寨的男人们乘坐一辆长途大巴车，一路呼啸向闽省驶去。金贵在出发前为求一路顺风，那天晚上登八弟家的门，请他爹给掐算个出门的日辰。八弟爹当然乐意，寨子哪趟喜事不是他掐算出的吉祥。他扳着手指给掐算出门的日辰为寅时，他说："寅就是老虎出山，虎气生威，东南有财。"金贵得到良辰，走出门，八弟老爹还交代，到人家地盘要懂得对那里山神的尊重。他又说走时给他提个醒。车子开到寨子接人了，当大家上车时，五六个伏枥老马，拄着拐棍站在寨口，金贵他爹也在其中。金贵妈抱着堂嫂家正在熟睡的东瓜。

　　留守的女人们站在寨口相望无语。车子隆隆发动了，尽管是离家出门的短暂告别，但女人心软，有的竟然流下几颗泪水。金贵站在车门上，催促大家赶快上车。男人们肩扛着被子和挖锄、镰刀放在车子后备厢里，一会儿后备厢里塞满了，七八个男人扛着被子直接上车。这瞬间男人们离家出走,金贵看在眼里,真像电影中山西人走西口,又像山东人闯关东的镜头。

七哥老练,他一上车就抢先坐在售票员的位置上。金贵坐在第一排,紧挨着他的是秀梅和堂嫂。堂嫂是个寡妇,几年前,金贵的堂哥上山撵野猪摔下悬崖去世了,留下堂嫂和刚满四岁的儿子。她赖着上车,金贵劝不住,心想,也好,让她与秀梅搭个伴。正值仲夏时节,天气炎热,好在大巴车内装有电风扇,头顶的电风扇嗡嗡作响,三百六十度地旋转,把凉风均匀地送到各个座位。大多数人认为梭罗寨就是全世界了,与外面毫无关系,第一次出远门,心情由衷地兴奋。大巴车奔驰在湖南境内,沿着那条直瞄瞄的高速路,保持平稳的车速,像大海中的航船破浪前行。大家打诨逗趣,说说笑笑。车子进入江西的地盘了,通过车窗透望着向后倒退的村庄和田野,一望无边。有人发出惊呼:"这是大地方哦!你看那田土宽得没有边哦。"激动了一阵儿,车内没有响声了。大热天有电风扇散凉,舒适安逸,大家闭目养神,不知不觉入睡了,有的还响起鼾声。秀梅和堂嫂,车上唯她俩为女人,她俩不多说话,背靠在斜角的座椅上闭目,各想着自己的心事。秀梅的脸上泛起微笑。金贵两眼望着窗外,不用猜,他心想着第一次带着寨子人出山,深感责任压肩,干那苦活脏活都不在乎,就怕干活挣不了钱,干完活又怕拿不到钱。秀梅拿一瓶矿泉水递给金贵,金贵刚迷糊睡着,她连捅金贵胳膊两下。金贵醒来,说不渴。十二点钟了,大家都饿了,金贵对七哥说到前面服务区吃中午饭,七哥又向驾驶员做了交代。为赶时间,服务区这顿饭吃得简单且匆忙,吃好饭又赶紧上车赶路。到达溪县时,夜幕即将降临。八弟通过电话与金贵联系,他已经备好晚饭。车子下高速路了,忽然驶进了大山,又是翻山越岭的。驶过一阵儿,车子转了个大弯,然后开进一幢楼房院坝戛然停下。七哥说:"下车别忘了东西。"秀梅走下车,一股热浪袭来,她对金贵说:"怎么这里比贵州热得多了。"

这还不算,白天太阳要咬人,恼火得很。金贵说着,且交代秀梅不要忘东西。大家从车底的后备厢里拿出被子、锄头、镰刀。有的把被子扛在肩上,有的拿着磨得发亮的镰刀和锄头。金贵帮秀梅提着一个蓝色的大箱子。八弟带着大家走进对面的村庄,路灯亮了,人们走进一幢大砖房,饭菜已经备好了。八弟临时请来村里两个少妇帮忙,她们忙碌着在客厅桌上摆菜、盛饭。三大瓷盆的猪肉片摆上桌,一股浓浓的肉香味扑鼻。地上还摆放着两台电扇嗡嗡地吹来凉风。中午饭吃得匆忙,大家饿慌了,拿起筷子端起饭碗,直接向瓷盆里的肉片发起进攻,各自的筷子在肉盆里打架。七哥发话:"慢点慢点,别着急,八弟到屋里拿酒去了。"一会儿,八弟把一坛当地红苕干土酒拿出来,两个少妇把酒倒在瓷杯里,摆放到大家的面前。七哥说:"金贵哥,你也铲一杯。"说着,他把酒杯放在金贵的面前。八弟给秀梅和堂嫂也斟了酒,秀梅说不会喝酒,堂嫂说她想喝点,八弟把她的酒杯斟满。七哥又环顾一眼,说:"大家把酒杯举起,请金贵哥说上两句。"金贵摆摆手,示意不说了。七哥转身举起酒杯高声说:"大家辛苦了,这杯酒我们铲了。"大家举杯响应,这顿饭大家吃得高兴。

酒足饭饱后,八弟和七哥安顿住宿。驻扎的农家条件不错,他们被安顿在两家的楼房上。打着连天铺,像排红苕似的。大家坐了一天的车,疲惫极了,一躺下就响起如雷的热闹鼾声。鼾声一高一低，有几个人鼾声还夹着呼哧声，并且还磨着牙，仿佛在进行深呼吸的比赛，又像安抚他们在异乡安度一个平静的夜晚。金贵与七哥，还有秀梅和堂嫂，都住在另一家的二楼上，这家人住房宽敞，两个老人守家，儿子都到厦门打工去了。

天亮了，金贵一觉醒来，拍醒七哥，叫他拿公章到指挥部盖章，完善合同。第一次打交道，这个郑总算是讲信用的人，双方在合同上盖好公章后，立即派车带上财务人员，金贵和七哥随车到小镇银行划款。金贵在银行临时开起账号，业务办理不到三十分钟，一百三十二万资金落实到账上，金贵心里踏实了，脸上泛起几分惬意。

兵马未动，粮草先行。金贵从银行取钱，和七哥到集市上买得两袋大米，又到肉摊叫屠夫砍了十多斤的后腿猪肉，随车搭回。秀梅和堂嫂负责煮饭，她俩在这家人的厨房烧起了沸腾的开水。

金贵不出五服的那个六叔，和几个壮年人正蹲在阶沿上磨着镰刀。几个年轻人昨晚酒喝多了，睡在地铺上没有醒。金贵肩上扛着大米走进屋里，七哥扛着那块硕大的猪肉随后。铁锅里的水烧开了，正等着米下锅。秀梅看见金贵和七哥，她说："你们回来的正是时候。"说着，她从金贵手中接过米袋，解开扎在袋口上的绳子，利索地把米倒在铁桶里，堂嫂将自来水管放入铁桶。她俩搓洗一阵儿，然后把洗净的大米倒进大锅。

八弟走进屋里，看见金贵和七哥。"金贵哥，钱到账了吗？"他关心地问道。金贵说钱到账了，事还办得比较顺当。他停顿片刻，又说："八弟，今天我们要上山做个开山仪式，你去准备点刀头和炷香。"吃过中午饭，金贵叫七哥去指挥部一趟，请郑总他们参加开山仪式。交代好后，金贵带着五十多人的队伍上山了。天色转阴，天空布满了乌云，一阵凉风从山上吹来。七哥疾步走到指挥部，场坝里停着十多辆轿车，他走进办公室，郑总与一个体形肥胖的男人正在谈事。

金贵他们到了山上，八弟立即在地上摆好刀头和酒碗，金贵又点燃香烛。完毕，金贵叫他六叔和八弟，三人拿着香烛，面对山峰连磕了三个头叩拜。金贵默默记住八弟爹教他开山的几段四言八句：

山神山神你睁开眼睛，
今天到此天地神祇祷告。
我们是远方蚩尤子孙庶民，
行步千里路，踏走万里程。
我们只求生财安稳不惊动你山魂，
求山神庇佑禄福绵绵降神恩。
……

金贵默默念完开山祭词，他原想在仪式上叫郑总发布开山令，但时辰已到，迟迟不见郑总露面，金贵等急了，他不得不自己发令，仰头望着苍天，又转身面向山峰呼喊："开山了啰！"他那粗犷喊山的声音，穿透了树林，回荡山谷。几个小伙子吐着口水在手掌里搓几下，拿起镰刀，俯着身子开始割下第一刀。地上摆放的刀头是煮熟的几块祭肉，几个年轻人嘴馋，几步冲上前去抢吃着坨坨肉，又拿起地上摆放的那瓶白酒咕咕地喝起来。毕后，七哥带着郑总，郑总身边还带着他那个女人，姗姗来迟。金贵说："对不起郑总，时辰到了，等不起你了，开山仪式搞完了。"郑总感到奇怪,说:"怎么不挂上条幅写上几个字呢?"金贵说:"我们只对山神做个仪式,没有其他意思。"

郑总无语,他望着,不以为然笑出两声,冷笑中似乎用那狡黠的目光扫了金贵一眼。金贵的割山队伍干活下得蛮劲,热火朝天的,一个个弓腰俯身割草,身后草木倒下大片。郑总对身边的美女说,给他们拍几张照片,给省里林业厅送去。她立即从包里取出相机,分别选择不同的视角,连续拍了几组镜头,又给金贵、七哥和郑总拍了张合影。郑总问金贵,一个月割山拿得下来吗?金贵说这个草木太厚了,拿不准,今天才开张。郑总说按合同办事哦,年底前要完成种树任务,你们做好了,可以续签合同。"谢郑总了,关键看干这活划算不划算。"金贵说。郑总脸色不好看。后来听说,他搞这个种树的工程,上面没拨资金,是他公司先垫钱,迫使他把种树工程的价格核算得低,也有的说他转包吃差价,众说不一。金贵接下这工程,赚不赚钱,心中没数。郑总看一会儿后下山了,金贵又回到工地,与六叔同割在档口上。六叔边割草边问他:"金贵,干这活有不有窍头?"金贵说:"六叔,我也拿不准,只有碰碰运气。工程只有做赢,哪有算赢的。"

临近晌午,阳光照射强烈,空气中弥漫着一股燥热风的特殊气息,从草丛闷出的热浪难当。七哥渴了,到处找水喝。他走向不远处一座山谷,左右环顾,最终在低洼处发现一股泉水。他先趴在地上咕噜咕噜喝着解渴,然后舀满大碗泉水端起,边走边叫嚷道:"找到水井啰。"大家干了大半天的活,高强度的割草劳动,身上白衬衣已被汗水溻湿,金贵带着大家开割这边山,灌木密厚,夹杂着巴茅草,又砍又割,一会儿刀刃卷了,又停下磨刀。一天要停下磨刀两至三次，挤占了割草的时间。七哥端着水过来了，大家口干舌燥的。金贵叫歇憩片刻，人们便放下活路，一个个向山谷奔去。六叔喝着七哥端来的大半碗泉水，一阵咕噜咕噜喝下，有种清凉透顶的感觉，他说舒服极了。六叔喝完水，又用烟盒纸卷起烟丝点燃抽着。一起坐下休息，大家都说这活儿恼火得很，有的想打退堂鼓。几个嫩嫩的小伙子说起牢骚话，原来他们到过东莞打工，每天坐在车间干活，没被太阳晒。干这苦活，他们招架不住。金贵心里也着急，也感到这活不好干，生怕大家闹情绪，这时只能鼓劲。他对大家说合同已签订了，前期百万资金已落到账上，我们只有背水一战，到这里拼命的。七哥说："你们别认为那个坐车间的工好打，现在没有过去那歌声了，我和八弟在厦门找了七八天都没有活干，身上只剩下五块钱，好不容易才找到这个工程。你们还是不是梭罗寨的人，一遇到啃骨头的事就想梭脚。"他又指着一个瘦瘦脸型的小伙子说，"瘦狗，别忘了你家种甜菊的贷款是金贵哥担着。"几个小伙子被七哥训了一顿，不吱声了。六叔也在旁打圆盘："这个时候闪不得火，接了人家的盘，哪怕是坨硬屎都要吃下去。"歇息半个钟头，金贵叫喊道："干活了。"七哥挥着那把闪亮的镰刀又重复说："大家干活吧！闲话少说。"

说归说，但不冒充懒惰。人们又打起精神，下午的活干得格外起劲，八弟带着十几个小伙子已冲到那边山坳上去了，草木倒下大片，只听到割草镰刀与草木摩擦发出咔嚓咔嚓的响声。开山的这一天，大家一直干到太阳落山。

第四章

金贵累得无精打采。吃了晚饭,他回楼上房间睡觉去。房间没有床,他和七哥把被子铺在地板上,每天干活又累,睡在硬邦邦的地板上,被硌得腰酸背痛。

他躺在地铺上翻来覆去,大脑里还在想着割山的事,那草木太厚了,割山的劳动强度大了,难怪大家都有怨言。他粗略估算了一下,五十人上山割不到二十亩的面积,一天拿不到两百元钱,还要吃饭生活。后果不堪设想。尽管对方的钱入了账,但还不是自己的钱,好像挂在天上的月亮。

他又翻了个身。忽然,他想到在老家茶园看见的修剪机,那修剪机是用来剪树的。他听曾老板说过,一台修剪机一天可以修剪五至七亩的茶园。对!怎么我就没想起呢?于是他立即爬起,给老家的曾老板去了电话,询问生产修剪机厂家的电话和价格。一会儿曾老板的手机通了,金贵在电话中询问,提出用修剪机割山的事宜。曾老板说:"行,每台修剪机的价两千元左右,用修剪机割山,要多准备些刀片。"曾老板给他发来生产修剪机的厂家电话。他马上与厂家联系。秀梅和堂嫂正在楼下厨房洗碗,收拾碗筷。他把买菜的钱给了秀梅,然后上楼。"金贵哥,给谁打这么久电话?"她迟疑地问道。金贵在电话中正与厂家谈价,对方说每台不少于两千二百元。金贵在电话中提出,要对方先拿两台修剪机到现场试试,若是行,他马上购买六台,现款现货。金贵的诚意说服了对方,对方答应送货上门。金贵在电话里说了送货的地址。金贵放下电话,对七哥说先搞两台修剪机割草试试。

七哥说:"那修剪机行吗?""我没有把握。"金贵说,"仅靠拼体力不是办法。"他俩交谈中,秀梅走进房里,她手里拿着洗好的衣服,说:"金贵哥,衣服洗好了,你那衣服太脏了,洗出的臭汗水可以闹死鱼虾哦。快把你身上的衣服换下来。"七哥在旁调侃说:"还是金贵哥好,身边有女人帮忙打理,我们的衣服脏,没人帮洗哦。"秀梅低声逗他说:"叫我大姐帮你洗。"一听叫堂嫂帮他洗衣,他脸色唰地红了。寨子的人背地都说他与堂嫂关系暧昧。堂嫂种甜菊时,七哥经常去帮干活。金贵接过衣服,到房外把那件臭汗味的白衬衣换掉。走进房里,他对七哥说:"我看你和堂嫂挺合适的。堂嫂大你两三岁,女大三,抱金砖。""金贵哥你也戳我。你们冤枉我了,堂嫂的手我都没摸过。"七哥说。秀梅拿着金贵换下的衣服回到房间,堂嫂正在房里寻找东西。"你们嚼舌头又在说我坏话。"她说。"大姐,七哥真的很喜欢你。"秀梅说。"你别逗人了,人家年纪比我小多了,还像个黄花崽,他肯娶我这老脸婆?"堂嫂说。

金贵和七哥睡了,一会儿发出响亮的鼾声。八弟和二十多个小伙子住在他熟悉的少妇家的二楼上。她男人到厦门打工去了，只留她和八岁的男孩守家。天气闷热，干一天活，大家一身臭汗，都跑到村子上游一条小溪赤身洗澡。八弟平时少言寡语的，割山干活这么累，他却在耐心帮少妇剥着珍珠花生，一面剥着花生一面与少妇亲热蜜话。洗好澡的年轻人回来了，八弟还在院坝上与那少妇闲聊，八弟和少妇的亲热，小伙子们看在眼里，胡诌一番："八弟搞到事了。"一阵大呼小叫上楼去。

两天后，修剪机的厂家果然派专车送来两台修剪机，且派出技术员帮忙调试机子。七哥和八弟把机子扛到山上，那个体形胖胖的技术员，调试好机子的刀片，又把机子加满油。七哥和八弟把机子背在身上，修剪机隆隆地发动了，七哥把修剪机刀口对着草木，只看到草木往一边噗噗地倒下，割草速度之快，哪怕略粗的杂木，也是刀口一碰就倒。胖技术员说："机子割山草行，我多带来十多块刀片。"金贵看着修剪机的示范，一会儿割倒大片嫩绿的草木，心里高兴，想不到一时的异想天开，竟获得成功，照这样的速度，一台机子一天可以割六至七亩。效率是人工的七到八倍，只要两人轮换，当然要花费点油钱了。

金贵算了账，成本可解围了。他当即拍板，对那个胖技术员说，准备购买八台修剪机。两台修剪机干了一天，加上人工割的，估计割了四十余亩。修剪机试验成功，又增强了大家砍山的信心。第二天，金贵把购买八台机器的款打到厂家的账上，派来的车又返回去拖运修剪机。为使修剪机不出故障，金贵要求厂家把胖技术员留下，每天上山帮维修，保证机子上山正常作业。

十台修剪机上山干活，和人工加在一起，一天创造砍山八十余亩的纪录，砍山的难关突破了，却惊动了郑总。这天，郑总和指挥部人员一起上山观看,一到山上就被砍山的场面震惊了。十台修剪机一起出动,机子隆隆欢叫,十个身体壮实的小伙子背着机子,站成一直条线,刀口伸向草丛,那阵势,就像收割机在收割稻子似的碾压过去。美女又拍下这壮观的场面。不到半个时辰,一座斜坡的小山头,就像理发匠剃头似的,一扫变成光头山。郑总看了会儿,突然转脸向金贵问道:"谁给你出的主意?"金贵说自己想出来的。经过五天的奋战,已削光了三座山头,削光的山头连成一片,好像在大山窟窿撕开了一片宽阔带。

砍山进展有了眉目,为节省成本,金贵把割山的任务交给七哥。七哥带着十个小伙子,轮流背起修剪机负责砍山,其他人员及时垦复、挖窝。金贵叫指挥部派出人员画线,先把地上的厚草刨开,两头拉好绳线,又用石灰做窝距标记。纵横开挖六十厘米见方,深度一尺。挖树窝的垦复,还要挖树蔸,劳作强度大,每亩挖二百五十个窝。金贵干着活,工程有了进展,等于有钱进账,活路虽然苦累,但心里热乎乎的。秀梅和堂嫂管伙食也够辛苦了,为节约时间,省去来回跑路,她和堂嫂把中午饭送到山上,衣服被汗水浸湿。这砍山的活,体力消耗大,大家端碗吃饭似狼吞虎咽,起码刨上三大碗饭才能填饱肚皮。肩挑满桶饭菜上山,下山空桶而归。夏季天气溽热难当,这里没有云贵高原的凉爽气候,中午阳光强烈,上山干活,人像被蒸笼烘烤似的,每人的脸被太阳晒得乌黑发亮。

这天晚上,天气闷热,金贵又睡不着觉了。七哥玩耍未归。干活是苦点,但近期心情很好,金贵想起秀梅,于是走到秀梅房去,约她到对面竹林散步透气。秀梅答应,于是金贵和秀梅从楼房走出来,走进对面那片幽静的竹林。月亮挂在山顶上,虚无缥纱的月光令四周夜色显得静谧无声。俩人坐在软软的蓑衣草上，秀梅抖动着弯弯眉毛，两眼凝望着金贵。"要给你兄弟寄生活费吗？我卡上有钱。"金贵说着，把银行卡交给秀梅。

"不用，上个月到小镇买菜寄去了五百元。"秀梅说，她低头不好意思。金贵把银行卡硬塞进秀梅衣兜里，又扯起种树的事。金贵告诉秀梅说，干完两千亩的活，每人可以寄钱回家了。"金贵哥，寄多少呢？"秀梅问道。"我和七哥初步预算，每个人暂拿两万五千块钱，你和堂嫂煮饭够辛苦了。"金贵说。

秀梅惊讶地望着金贵又说："你们更苦，一个个的脸都晒黑了。""这个难关终于挺过来了，当时的砍山进度愁死我了，没有那修剪机帮忙，仅靠人工拼命，恐怕要卖裤子做盘缠回家。"金贵说。"当时看出你好像有心事，我不好过问。"秀梅说。俩人说出许多知心的话，金贵和秀梅凑得近近的，互相凝视着，金贵闻到秀梅头发上洗发液的香味，那气味使人心醉，他感到周身激动而颤抖，勾起他对秀梅的欲望。秀梅的血也在皮肤下涌动，她两颊绯红。金贵搂住秀梅，两颗跳动的心贴在一起……

当金贵和秀梅回到楼上，金贵走进房里，他感到奇怪，怎么七哥不见了呢？秀梅回到房里，堂嫂也不在房里，她心知肚明。

有了修剪机的帮忙，他们三个月提前完成了两千亩砍山和开挖树窝的任务，顺利通过指挥部验收，只等树苗到位马上进行移栽。这个精明的郑总，原来他手里还留有一千亩的种树指标，但谁都不敢接单。只有金贵这支队伍打得硬仗。这天下午，郑总把金贵和七哥叫了过去，他告诉他们，说树苗要到10月底出圃，原留下的一千亩种树合同给他们签。金贵一听，差点跳起来，苦干和诚实换来了机会。郑总又说，种好这三千亩的树，明年他手中还有指标。当天,他和七哥愉快地又签订了一千亩的种树合同。下午,他们到小镇去转款,进场费轻松地又落到账上。

第二天早上,天空下着大雨,一会儿滂沱大雨渐渐过去了,只剩下烟雾中飘着极细的雨丝。金贵决定休息一天。在少妇家中召集开会,他要把这接单的消息告诉大家。他脸上浮现喜色,说:"山上干的活差不多了,昨天我和七哥去了指挥部一趟,指挥部的郑总说了,目前树苗还没有出圃。他又给我们一千亩的种树任务。合同已签,进场费已经打在账上了。我和七哥算了个账,一冬工程干下来,多少有两个钱拿回家过年。"金贵说话间,咧开嘴巴露出前门一排白牙,晒黑的脸被衬托得更为明显。一贯善于做补充的七哥,情不自禁地说:"我和金贵哥商量了,原来说拿两万多点,现在每人先拿三万块钱回家,让家里的人高兴高兴。"七哥公布这个数目,好像扔下一颗炸雷。人们转头相视,唏嘘不已。六叔还持怀疑,他说:"金贵,真能拿到这个数吗?"金贵瞟了六叔一眼,正要回话,七哥又接话说:"六叔,这个不能吹牛,要数票子的呀!只要把这三千亩种树任务拿下,不出现什么意外,拿个五六万元钱回家过年没事,坛子捉乌龟——十拿九稳。"秀梅说:"金贵哥,我的钱不拿了,归还银行贷款。"一个瘦瘦身材的年轻人站起来,说他的钱也不拿了,用于还贷款。他们都是金贵的担保户。梭罗寨的人诚信,手中有点钱,就想到还债。

金贵解释,他说贷款要还,那是年底的事,这个钱先寄回去,家里等着用钱。金贵还说出汇款的方式,他叫七哥去小镇,把钱打回协会银行的账上,然后叫银行划出分别上在各户头,石行长他会操作办理的。那年头,在外打工拼死拼活干了一年的活,回家过年拿不到工钱的司空见惯。金贵这一招,逢迎了众人心理,彻底打消了顾虑,大家干活心里感到更加踏实了。金贵坐在木椅上,两眼望着窗外,陷入沉思。一到发钱,不由想起他那年满脑袋荒唐的事儿。

梭罗寨种甜菊刚上路,那年收入二百五十万元。他一时心血来潮,策划了一次隆重的发钱仪式。他与银行沟通,将协会销售的钱统一上到会员的银行卡,又给每户取出五千元现钞当场数票造势。那天可热闹啰,金贵邀请了公司的张董事长和银行的石行长,还特别邀请田乡长到场,请他们发钱。这个田乡长身材高挑,国字脸,浓眉大眼的。金贵特意请他致辞。便见田乡长大手一挥,放开嗓门高声宣布:"梭罗寨种植协会发钱开始!"洪亮的声音掷地有声,七哥点燃了炮仗;张董事长上台讲话,更加煽情,他说梭罗寨种的甜菊含糖量最高,比南美洲原产地还要高,任何地方土质都种不出。要梭罗寨大胆发展,价格不变,有多少收多少。他这番话像那一颗火星,瞬间点燃了大家胸中的烈火,仿佛让人们看见坝上到处飘飞着钞票。

那天七哥他们听了张董事长的煽情,胆子陡壮,冒死也要扩大种植面积;石行长更牛,站在台上表态,只要梭罗寨人需要贷款,他竭力支持,要多少贷款都可以支持。梭罗寨人听了他们铿锵有力的表态和鼓舞人心的演说,种甜菊的劲头更足,真正吃了定心丸。他记得,这钱刚从银行取出,每沓钱还缠着盖有红印的封纸,当钱发在手中,人们就多了个心眼,竟然拆开封纸过手。一个个数钞的镜头,被参加仪式的记者拍下上了省报的头条。这天,协会会员当场拿的二百五十万元,其实是该拿回的货款。金贵种植协会发钱仪式轰动一时,变为人们侃谈的趣事。金贵回想起来感到后悔不已，不该兴师动众造这个势，锋芒太露了，他想表达的是另一层意思，最后变成乐极生悲的败局。金贵回过神来，窗外的细雨淅淅沥沥下个不停。

先汇款回家，再次激发人们上山的积极性。会上原来想打退堂鼓的十几小伙子纷纷表态："金贵哥，只要有钱赚，哪怕脱层皮也要干。"金贵默默点头。七哥把款子办回去。老家那边，石行长做事认真，把汇回的钱都上到了各户主的银行卡上。那天上午，他和业务员拿着卡，开着车到了梭罗寨，把银行卡送到每家的女人手上。交卡时，石行长对她们说："你们的男人在外发财了，给你们汇钱回家了。"有的女人问汇款的数，石行长伸出三个指头，妇女不明白，问："是三千吗？"业务员马上纠正："大嫂你说少了，是三万。"一听万元以上的数，女人们的脸色陡然变化，露出灿烂一笑。八弟的爹拿到了银行卡，高兴不已。他的遐想中，能挣得这个钱，应归功于他准确掐算的"东南有财"的好日子。他挽留石行长在家里吃饭。堂嫂的银行卡暂放在金贵家里。

一千亩的活更难干了，10月底树苗一到，这边又要挖窝移栽树苗，那边割山机子不能停下。金贵把小山村和附近村庄留守的妇女都派上场了，发动她们上山帮忙栽树，每天有一百多人上山，一下子缓解了种树劳力的紧张。

新接盘的几大片草木比原来的更厚密，小灌木杂树多，有的杂木太粗了，超过修剪机刀口的承受力。机子割下一座山，要换上三五次刀片。机械超负荷地劳作磨损，已有三台修剪机的发动机被烧坏；还有移栽，因为还留有20%的余款，合同上规定，翌年4月验收成活率达不到95%以上，那要数棵数扣钱的。栽树质量马虎不得。好在金贵是学农业的,晓得土壤结构与树苗根须紧密的关系。他在现场指教,亲自做出示范,叫大家要栽直、栽深、栽紧,对栽好的树苗又用脚力踏踩一次,再重新培土,直到用手抽不动苗为止。除此外,对栽好的树,窝间四周深陷成凼,利于积聚雨水湿润根须。

金贵正在栽苗,郑总带着一个五十多岁种树的老技术员上山指导。技术员看见栽成一条直线的树苗,整整齐齐的,上前用手抽一下树苗,抽不动。当看见树窝四周凹陷形成的凼,他说:"对呀,就是这样栽树,才有成活率。谁教你们的?"

金贵说:"是我,我本身就学农业的。"

技术员打量了一下金贵,露出刮目相看的神色。刚栽好那两千亩的树苗,一天晚上,屋外忽然刮起一阵狂风,两扇窗门"哐"的一声打开。屋顶上不知掉下什么东西,落地发出"啪"的巨响声,紧接着下大雨了。金贵被风雨惊醒,他忙去拍七哥,说:"七哥,树苗有救了,老天爷在帮忙了。"七哥还在做梦。金贵悬起的心像一块石头落地了。

第五章

　　金贵爹在坝上收割着稻谷。坝上零星的田块有人开始收割响桶了。今年稻谷籽粒饱满，穗大粒多。水稻抽穗扬花期正逢二十多天的晴朗天气，阳光强烈的照射，有利于水稻叶片进行光合作用。冷清荒芜的坝子，已被疯长的杂草和野稗覆盖，低洼处的灯芯草倒伏一片。坝子找不回当年大片稻浪翻滚的景象了。

　　金贵爹正割着稻子。这天下午，秀梅妈正巧也在田里割着苕藤，这是改种的。她望见金贵爹一人在田里弯腰割着稻子，于是，拿着镰刀向金贵爹的稻田走去。走到田坎上，她说："亲家，我帮你割禾。"金贵爹抬头看她一眼，露出被烟熏黑的牙齿讪讪一笑："难得你亲家帮忙啰。"

　　年轻时他曾经追过秀梅妈，一言难尽。谁也想不到，他和秀梅妈会成为亲家。就算请先生算，也算不出今天会变成亲家。

　　秀梅妈年轻时有几分姿色，她是梭罗河下游龙家寨的姑娘，有一副好的歌喉,像只百灵鸟。在六月六的赛歌会上,她那柔情的歌声不知迷醉了多少追慕她的小伙子。金贵爹记得,他在追秀梅妈最痴情上劲的时候,八弟爹明知他与秀梅妈相好,却偏要去插一脚。秀梅妈多情,对追她的男人都撒着情网。八弟爹巴盘,她没有拒绝,两人相约时,秀梅妈唱出带有磁性的相思歌,将八弟爹唱得神魂颠倒。

一次,金贵爹与秀梅妈夜晚在山林草丛中幽会,八弟爹却悄悄跟踪。两人坐在软绵的草丛上,唱完歌后搂抱在一起。八弟爹老远一见,醋劲大发,直扑上去,一下搅了金贵爹的好事。八弟爹手里还拿着一把沙刀。他俩先是用不堪入耳的话对骂,然后抱腰厮打,像两头公狮在草丛翻滚。秀梅妈对八弟爹骂道:"我又不是你的女人,轮得着你来管这闲事?"

想不到的是,秀梅爹也去插一脚。那时候灾荒年刚过去,秀梅妈家很穷。秀梅妈的爹四下到亲戚朋友家借粮度荒,他借粮借到另一个朋友家,谁知那朋友家也处了坎。

这个消息被秀梅爹知晓了,他趁这个机会给她家挑去两箩筐的雪白大米,一时感动了秀梅妈的爹。想到这里,金贵爹感到后悔,认为那时也该送一挑白米过去。

秀梅妈下田帮割着稻子,一个奔六的老妇人了,割起稻子动作利索,且不减当年。他们边割稻子边聊着家事。

秀梅妈说:"秀梅给我们带钱回来了,金贵给你带回没?"

金贵爹说:"亲家,你晓得我是个粗人,从不管那家务事,一天只晓得干活。前几天有个高个子行长,到家里给金贵妈送了一个绿壳壳,他说这绿壳里有三万块钱,我不知是真还是假。我那个媳妇也有一个绿壳壳放在我家。"

"不会有假的，那叫银行卡，银行卡里可以取钱，秀梅给我汇了三万。听说金贵和秀梅他们在帮人家种树，苦得很。"秀梅妈说。一袋烟工夫，两人割了半边田的稻子。金贵爹又说："今年，把金贵和秀梅的事办了，他们年龄不小，三十挂零了。"金贵爹说着站起来看一眼秀梅妈。秀梅妈放下禾把，也回望他一眼，莞尔一笑。

她说："亲家，说出来不怕你见笑，这两年家里还穷哦，怕打发不起。今年指望再种甜菊找点钱，想不到甜菊发瘟了。不晓得怎样开交，还贷有银行的款。"秀梅妈说着直皱眉头。

"不要你送东西的，只要你肯送个人就行。"金贵爹还说，"现在是新时代了，没有那么讲究，孩子们都嫁娶过了。"老实巴交的金贵爹把新时代挂在嘴边。两个老人又忙着割稻子，太阳西斜了，秀梅妈一直帮他把那丘稻谷割完。

金贵爹对秀梅妈还藏着渴望，暗生情愫，但心里明白，孩子们长大了，且不能让人背后说三道四，指指点点。孩子们的缘分，让他两人结成亲家，也算是一种报答。这使他不敢肆无忌惮与秀梅妈密切往来。已尝到两个女人温情的金贵爹，与金贵妈吵架时，他始终认为秀梅妈比金贵妈体贴人，对男人更善解人意一些。

梭罗寨的青壮年走了，寨子显得空荡荡的，金贵爹要扛戽桶打谷，找不到年轻人帮扛桶。年纪大了，没有年轻时扛个戽桶两边还要挂两箩稻谷的本事了，如今连扛着空戽桶都感到吃力。那天他起了个大早，叫来寨子三个老伙计到家里帮扛老戽桶到坝上收割稻谷。老戽桶的两块打板是用铁杉木做的，比较笨重。他拿起高粱秆捆扎的扫把，扫除打板上的灰尘。四个老人先把戽桶从屋里抬出来，然后费劲劳神起肩，八条腿叉开站立颤抖着，肩上各压一个桶角，抬起一高一低向坝子走去。

屃桶抬到田坎上，稻田里的两个年轻人正用一台电动收割机在帮助脱粒，把金贵爹弄得莫名其妙。原来是秀梅妈通风报信。昨天夜晚，秀梅妈回到家里，正在煮饭时，她的手机响了，一看是秀梅打来的。一接电话，秀梅问她银行卡收到了吗？秀梅妈说收到了。她不经意间告诉秀梅，说她今天帮金贵爹割稻子。也许是秀梅把这事告诉了金贵，金贵才想起家里收稻子的事。他立即给乡农业服务队的龙站长打了电话，叫他去帮忙服务，工钱他出。

"老人家回去吧，稻谷我们帮你拖回来，你金贵已经有了交代。"龙站长说。

四老又起肩准备把屃桶抬回去。那个龙站长发话了，他手里稻禾把还在电动的滚筒上不停地脱粒，他说："屃桶，你们也别动了，等会儿我们用车帮你拖回去。"金贵爹转眼望着田边路上停放着一部农用车。他心里暗自感到奇怪，金贵怎么晓得他在收割稻子呢？

金贵爹和八弟爹老死不相往来，一天早上，两个老人在屋荡头撞面了，他俩很尴尬，最后是八弟爹先破这个局。

八弟爹说："老哥子，不要那么犟了，何苦呢？最后都要上月亮山，真的要把那口恶气带到土里去吗？我俩上了秀梅爹的当，让他用两箩筐大米白捡个便宜的鹅梨桃。其实秀梅妈并不喜欢我俩的。走，到我家去，我有好的叶子烟，比你那个有劲。"

金贵爹有些难堪，退进不是，既然是八弟爹先放下身段，何必去赌几十年的那口恶气。他支支吾吾地说："你真不记恨我了？""你说到哪里去，每天早相见夜相逢的，有些话到家里去说。"八弟爹说。金贵爹去了八弟家。

八弟妈上菜园去了。金贵爹几十年没来过八弟家，八弟妈爱干净，原本她就是大家闺秀，养成好的习惯。三间房里收拾得抻抻抖抖的，连他两位老人睡的架子床，帐下被子分层次折叠码起，上下床头还摆放着两对老鸳鸯枕，不亚于新娘床上的布设和鲜艳。金贵爹环顾四周，感佩地说："你这个家收拾抻抖得很。"八弟爹将一把黄色草烟递给他，说："尝尝味道，这草烟我上菜枯肥的。"他又说起他们过去纠结的事：那时候，我俩都是一条藤上的苦瓜。金贵爹正在津津有味抽着八弟爹的烟叶，他烟嘴离口说："不谈过去那些事，现在是新时代了。"

　　"新时代"变成金贵爹的口头禅。八弟爹比金贵爹圆滑，但金贵爹的胸怀好不到哪里去，八百对一吊，八两对半斤，都是心胸不大宽阔的人。八弟爹说金贵是个有出息的娃，又说这次金贵和八弟七哥们出门还算顺当。

　　"是你掐算的日子。"金贵爹说。

　　"是的，给他们把一下脉。那天他们出门是财神正西，喜神东南。"八弟爹说。他俩正说着金贵和八弟在外种树的苦事，八弟妈回来了，她提着一大竹篮的嫩辣椒。

第六章

　　立冬节气过去了,闽省亚热带季风气候,太阳热量骤减,夜晚吹来凉风,砭入肌体,使人感到微冷。金贵他们还在山上打通最后一公里,剩下砍山种树的堡垒更难攻破。近半年干活体力消耗大,每人已感到疲惫不堪。金贵每天吃好晚饭,都要走到对面那片竹林去。秀梅感到纳闷,他去那里干啥呢?莫非他……

　　金贵走在竹林里,抬眼望着直瞄瞄的大片竹林。山村场坝上堆满了竹子。据村里的老人告诉他,小山村里收入一靠打工,二靠种竹,竹子销到泉城。一亩地种竹收入三千元,市场价好的年景可以收到五千元上下。亩值不小,当然比甜菊略低些,金贵心想。

　　一天早上,金贵吃了早餐准备带队上山,忽见一辆大货车正在场上装着竹子。他突然闪出念头,他叫七哥带队伍上山,说他搭拖竹车去一趟泉城。七哥莫名其妙,他用手搔了搔头顶上的稀发说:"金贵哥,泉城那么远,你去干啥?"金贵不吱声。七哥心想，关键时刻金贵不在火线上，人们干活会懒散。他明白自己还嫩了点，压不住阵脚。他猜，金贵哥也许熬不住了，要带秀梅玩耍去。金贵说晚上会赶回来的。

金贵搭着这辆拖竹的车去了泉城，随车到了一家竹料加工厂。下车放眼望去，占地几十亩地盘的竹料加工厂区，到处堆满了竹子。他和驾驶员说好，趁车子卸竹空隙，去了加工车间。走进车间，工人正在忙着操作机器制作竹艺产品。往前走几步，便见在一间展厅里摆放着许多竹类系列产品，沙发、茶几、椅子等。一个身穿蓝色西装工作服的姑娘走来，问他是不是客户，金贵说他不是，随便看看。那姑娘说着，把一份厂家生产的系列产品广告册给他。金贵瞄一眼企业的产值，年销售收入八千万元。从那一排排现代厂房来看，真有大企业的架势。

在另一栋厂房宽敞的车间，几台电动的机子正在进行锯竹、刨竹、削面等工序，加工成室内的装饰板。做好的竹板，用车拖走。金贵被一栋竹楼的样板房吸引住了。这样板房风格别致，颇有特色。金贵目光落在样板房上久久没有离开。他暗自感叹：这土地也能种出竹楼？一根小小的翠竹竟弄出这么多的花样来，顿时让他大开眼界。他在厂区转悠了半个小时。卸完货了，驾驶员按响了喇叭声催他。金贵又随车一路颠簸回到山村。天色即将黄昏，他走进厨房，七哥和大家正在吃饭。

"金贵哥，我们刚端碗。"七哥说，"今天割山又烧坏一台机子，那山的树木太厚了。栽树的进度还行。"秀梅把装好饭的大瓷碗端给金贵。"怎么今天你去了泉城？"秀梅不解地问道。金贵说随拖竹的老板去泉城看看。他现在不想给秀梅透露消息，割山栽树的活儿还没干完。

进入腊月的隆冬，最难的砍山任务总算完成，金贵稍松了口气，只有两百多亩的树苗未栽。自从那场大雨过后，相隔一个多月没有下雨了，遇上干冬年。沙砾土的最大弱点是，失水快，土质的团粒结构差。为保最后种树的成活率，金贵伤透了脑筋。好在山腰上发现了三处泉水，金贵又叫七哥到小镇买来数十丈的塑料管引水，对平缓坡度栽好的树苗进行浇水保湿，对地势较高的山头就用人工肩挑浇灌，这可是下大本钱了。

三千亩种树的任务接近了尾声。这天上午，金贵叫指挥部人员上山验收。他们采用GPS测量，种树的面积是天上卫星测出来的，不用原始的皮尺丈量，干了一天的活，测出的面积超了五十余亩。验收种树的质量无可挑剔，合格通过，只待明年4月验收成活率。依照合同办事，指挥部说话算数，及时拨三千亩的20%余款到账上。金贵安排几个年轻人去养殖场买头大肥猪，并叫指挥部人一起打平伙，表示答谢。还叫上村里帮忙种树的老人和女人们一起参加，他带着指挥部的五六个人员到场。酒桌上，郑总一直夸赞金贵的队伍。他表态，明年有种树工程，优先考虑金贵他们。他还说金贵的种树队伍干事有"狼性"。

金贵把余款及时结算，剔除一切成本，在会上公布每人有五万两千元种树的收入，当然包含前次汇出的款子。他说："我们苦干了六个月，搞得这个数，这个钱是我们用汗水拼出来的。回家过年，可以向家里的人有个交代。七哥，你给大家再宣布一下。"

七哥扮了回硬角色，砍山种树这仗打胜，有他一份功劳。他立马站起来，说款子给你们打回去了，每人留下两千元钱，明天到小镇去洗个澡，但洗澡不要乱搞事。秀梅和堂嫂听了脸色涨红，想站起来骂他两句。七哥低头望着身上油腻腻的上衣，说我们不能穿着这身像油匠的衣服回家吧？每人要买件新衣服穿。六叔说这个苦工程终于干完了。现在开始发钱，七哥说着，拎着一个大挎包放在桌上，他早把每人两千元的人民币捆扎好了，由金贵宣布名单，一个个从七哥手中领取。七哥又说："钱到手再复数一下，先小人后君子，过后概不认账。"大多数人都比较信任七哥，钱到手直接收进荷包去。几个年轻人舔着手指不停地清点票子，那个叫瘦狗的年轻人向七哥举手说："七哥，没有错。""没错就好。"七哥说。明天去小镇，秀梅和堂嫂帮选衣服款式，他又做了交代。

　　临近春运了，火车票紧张。金贵叫来一辆从泉城至桃城的长途客车直接开到小山村。大家把昨天新买的衣服换上，白衬衫衣领套在脖子上，身着的冬装颜色一致，身穿新衣煞是好看。谁知八弟招麻烦了，他相好的那个少妇也随着上车了，八弟怎么好言相劝她都不肯下车，这下可添乱了。七哥半开玩笑半认真地说："干脆带她回去算了。"金贵说："那使不得。"他把那个少妇叫下车，说有事与她商量。那个少妇知道他是头儿，下车随着金贵走到车后。金贵说："欢迎你去我们苗寨，但今天不能去，待明年你带着你的儿子和男人再去。"那个少妇摇摇头，她说要跟着八弟在一起。金贵说："八弟家里已有爱人了，你去，他爱人会叫人把你丢下溶洞的。""你骗我，他说他没有爱人。"少妇说。

　　面对少妇对八弟的一片痴情，金贵无计可施，他忙从身上摸出一沓钱，说这是大哥给她的小意思，听大哥话没错。少妇看金贵一眼，并没有推辞的意思，她接过钱且不吭声了。她说："大哥你是个好人。"正好，她家那个小男孩哭着鼻子跑来找妈妈。

少妇被金贵摆平了,金贵上车后,叫师傅关上车门,赶快发动车。车子缓缓驶出小山村,那个少妇仍站在村口久久遥望。

车子驶入大道。八弟闹出这个笑话,几个年轻人调侃八弟,说他搞到事了,他们到这里干半年的活,连女人味道都没有闻过。七哥望着八弟的脸,说道:"换成我,我就带回去了。"七哥说出此话,堂嫂转头鼓他一眼。有的还说,你八弟怕没开人家钱哦。大家七嘴八舌的,又是一阵哄笑。八弟捂着脸,任凭大家逗趣。

金贵开口说话了:"八弟,亲兄弟明算账,你别认为我会使什么招,是兜里的人民币在说话,替你打发点银子。"七哥问:"撒多少?"金贵说一千元现钞,现在口袋空了。"八弟应该出。"七哥说。八弟说话了,他说:"金贵哥,回去结账,这点觉悟有的,我八弟再蠢,也不能让你为我背事。"

长途车在高速路上奔驰不停,金贵心里荡起别样的心情,满载而归,终于踏上回家的征程。金贵和七哥带着梭罗寨五十二人的种树队伍,一个不少,一个也不多,当天晚上顺利回到了梭罗寨。

金贵身体垮了,脸上颧骨突显,嗓子哑了,脖子上围着毛巾,在家休息几天。老妈望着他那张瘦黑的脸,备感心痛。崽哦,在外为挣那点钱,把身子都磨变形了,老人扫着地说。妈,钱已打在银行卡上,金贵说。他叫妈保存好银行卡。老人走进后房,从抽屉里把那张银行卡拿出递给金贵。金贵把绿壳壳拿到手里,瞟了两眼说,就是这张银行卡。他爹搓着草绳捆扎草烟,堂屋里堆着好多肥厚的烟叶。他爹含着铜皮窝的短烟杆,只顾忙碌打包烟叶,好赶夺西场去卖,找几个油盐钱,他从不过问家事。

秀梅听说金贵病了，她把家里那只老母鸡下的十多枚蛋放在竹篮里。下午，她来到金贵家。

腊月二十六的早上，临近年边了，老天下起了一场大雪，这是梭罗寨冬天下的最大一场雪。飘飘洒洒的雪花覆盖着村庄和田野。正逢夺西赶场，要过年了，为备年货，山里的人冒着雪花和扑面的寒风去赶最后一场集市。

梭罗寨的五六个年轻人，从溪县的小山村种树回来，银行存得几个钱，一时间仿佛亢奋涨满了心头。这天早上，天气寒冷，他们身着从溪县买回的那件浅棕色冬装。清一色剃着短发，好像柚子壳似的刺盖头，赤红色的肤色没有褪却，坐在瘦狗驾驶的那辆双排坐的农用车上，要到夺西买炮仗。下车后，走进街头一家烟花爆竹店，店里鞭炮、烟花品种琳琅满目。一个年轻人出手大方，掏钱要了两大筒"天女撒花"的烟花礼炮。紧接着，每人又买了一箱箱的鞭炮，还有冲天炮等扛上车。顷刻间，店铺里的货被他们销了大半，乐得那老板娘眼睛眯成一条缝。

三十晚上放鞭炮逗乐，夜空又飘起雪花。梭罗寨人爱凑这个热闹，寨子风气一向如此。记得那年土地到户，梭罗寨的人，从来没见过收得这么多的稻谷。吃好年饭后，一个个来劲了，他们相互竞赛放了好多爆竹，还燃放了自己制造的"地牯牛"土炸弹。土炸弹在夜空轰隆隆炸响，一阵余波还震垮了寨上一堵土墙。前几年大家种了甜菊，口袋多装了几个钱，又开始发飙了。三十晚上，寨子人又赌放鞭炮，有的还燃放了烟花礼炮，梭罗寨的夜空五彩缤纷，绽放的"火树银花"映红了半边天。爆竹放得最多的是金贵和七哥，当然还有八弟。他们在院坝放完后就蹲在金贵家阶沿上划拳喝酒。几个年轻人在溪县种树得到几个钱，发飙了，又放鞭炮。人们兴奋得睡不着觉，寨上放了很多爆竹烟花。

金贵身体恢复了，吃年饭的时辰，燃放几挂爆竹以示响动，算是对过年的提醒。他把买的很多冲天炮留在除夕的晚上。金贵爹的两个老伙计，吃好年饭就到他家串门，金贵爹一脸笑呵呵，忙招呼让坐，接着又拿出一把草烟递上。"德表，听说从今后种地不交粮了。"一个满脸皱纹的老人进屋开口说。

"做梦都想不到的事。"金贵爹对政府免粮早已知晓，他由衷感慨地说。"当保管员时候，我才晓得梭罗寨的粮税重，过去每年要完成六万多斤的公余粮，还有超产粮，这下没有负担了。"另一个老人也在发表感言。三个老人抽着烟，就免粮税的话题扯白。时间一分一秒过去，年三十的半夜，新年马上光临，寨子"地牯牛"土炸弹又隆隆炸响。金贵把冲天炮拿出，站在院坝上燃放。三个老人站在院坝上，望着夜空的灿烂，一朵朵礼花四射绽放，映照着老人们兴奋的脸孔。七哥和八弟也来到金贵家。七哥这个年过得平平淡淡。种树得到五万多元钱，除了归还银行的贷款，只剩下十几元钱守着银行卡了。辛辛苦苦干了半年的活，荡平了银行的账。七哥郁郁寡欢，没兴趣凑那个热闹，待在家看电视，电视里春节联欢晚会的新年钟声敲响了，寨上迎新年的爆竹声响个不停。七哥在家待不住了，马上打着八弟的电话，叫他一起去金贵家消夜喝酒去。

大年初二，晴天多云，覆盖在房顶上的雪在融化，只有山顶仍是白雪皑皑。不远处，路边一些灌木丛还覆着残雪。想不到新年大吉，石行长带着他手下的业务员，给乡下人拜年来了。车子开进了梭罗寨，停在寨口上，他们直奔金贵家。行长大驾光临，金贵好不高兴。"我的大行长，你搞颠倒了，应该是我们去登你的门。"金贵说。两个业务员提着两大提土罐装的白酒进屋。"别客气了,金贵会长,略表意思,让你弟兄们聚一聚。"石行长说。金贵拨通了七哥和八弟的手机,又叫了他六叔和几个中年人。

上半年,金贵种甜菊失败,石行长感到焦虑,因为金贵的种植协会,他担保着五六户的十多万元贷款。种植户失败,贷出的款恐怕要打水漂了,自己即将面临下课的危险。原来他在县城某银行担任过第二把手,为放大笔贷款犯了错,被免职。后被县里一家信用联社聘任,在小镇信用联社当负责人。当然,贷款户真还不上钱,他只好撕破脸皮,直接扣金贵的存款。若是走到那一步,他和金贵多年交情打狗散场。正在焦虑不安时,金贵给他打来电话,并且汇回一百多万的现金,他松了口气。没想到梭罗寨人没到年底,主动把信用联社的贷款全部还清。不仅还清了贷款,金贵又从闽省给信用联社带回两百多万的存款额,超额完成了任务。今天他特意来梭罗寨拜年答谢。

七哥和八弟,还有寨上的几个中年人围坐在金贵家火塘边,七哥从小山村种树回来,变得沉默寡言。他自我安慰,银行卡上没有几个钱了,反正无债一身轻。他安静地听着石行长与众人的谈笑风生,一言不发。

"金贵会长,今年你们又怎么干呢?"石行长问道,他在关注着发展。金贵想把藏着的发展竹业的想法说出来,觉得不成熟。"行长,如今的发展真不好整,农民挣钱越来越难了。今年的坝上只好种稻谷了。"金贵说。他这话临时改了口。"今后还可以种甜菊吗?"石行长又问道。"我打听过了,甜菊也垮价了,就算没有瘟病,也干不得了。"金贵说。"今年要出外种树吗?"石行长又问道。七哥忍不住插话,说:"石行长你不晓得,当时也是为了归还那贷款,才去接那个活。那种树的活不是人干的,我们是拼着老命干,至今还有20%余款扣在溪县。"石行长说:"你们梭罗寨人守信,种甜菊失败了,照常把款还上,是梭罗寨人帮了大忙。所以,今天特意来感谢大家。只要你们有好的项目发展,我愿意帮一把。"他还说出他贷款的理念,贷款先看人,其次再看项目。他又说:"有些公司和个人,总想打银行的歪主意,为骗取银行的贷款,编了很多假的研究报告,报告资料装起有一大麻袋。在评估收益率时,那些所谓的专家,把他们喜欢的项目说得狗尾巴尖尖都是油。银行领导被弄昏了头,结果,资金一投就垮,我就犯了这个错。"

石行长的话,金贵听出是对梭罗寨人的认可,他心中有数。金贵说:"前两年没有你大行长帮忙,我们的甜菊发展不起来。不管怎么说,种甜菊已为梭罗寨做出三年的贡献,这是你大行长的功劳。"说起贷款的话题,金贵又说:"你拿了人家的钱,不管你成功与否,都得还账的。虽然去年在溪县种树辛苦点,但还是整得几个钱过年,还了银行的账,一生干事就得图个诚信。今后有了发展机会,有资金困难再去找银行,人家就好说话了。反正我是这样认为的。"金贵的声音听着仍然有些沙哑。

堂嫂和秀梅来了,她俩是金贵叫来帮忙厨房的,他母亲忙不过来。石行长在兴头上,和金贵他们喝了好多酒,上车时摇摇晃晃的。冬天阳光热不起身了,但光色不变,余晖四射,给梭罗寨涂上一层黄金甲。

第七章

开春后,天暖了,空旷的田野上飞来一群鹤。梭罗河两岸上的杨树梢上抽出了嫩芽。坝上没有什么物产可种了,又重新种上稻子。上游的梭罗河水库开始放水灌田,庄稼人在坝上忙碌着。四五台犁田机正在突突地翻犁着稻田,一个中年人吆喝一头老黄牛也在犁着秧田。瘦狗驾驶着那辆农用车往坝上运送肥料;八弟的爹含着烟杆在田里用搭耙钩泥搭田坎。几只燕子忽上忽下低空盘旋,感受空中的农耕气息。大年一过,大多数年轻人都出门打工去了。七哥和八弟去了浙江,临走时,金贵有个交代,叫他俩人去一趟溪县拿种树余款。金贵去了江西宜春。

那天,他到一处小镇考察竹产业,一走到基地,放眼望去,这里田野早不种稻子了,到处种下大片竹林,平坦的田畴已变成一望无际的竹海。金贵又走进村庄访问,村上的庄稼人告诉他,说他们就靠种这竹业讨生活,日子过得非常滋润。他又去镇上对竹业加工企业实地考察一番，发现竹业规模比泉城大多了。一看，心潮澎湃，心里早已摩拳擦掌。金贵铁心要发展竹产业，期待重新找到突破口。

金贵是个说干就要干的人，考察回来，他干起种竹的事儿。他爹预留着的那丘口粮田夹在中间，水田没有翻犁，清亮的水田里游动着一团团黑色的小蝌蚪。田埂上爬满了深红夹绿的鱼腥草，路边小草冒出茅草针的尖尖头。寨上二十多个男男女女帮他种竹，在田里挖窝的挖窝，栽竹的栽竹，壅土的壅土。金贵对种竹要求更高，挖好窝，放足底肥，还要放些砂石疏松土壤。使竹窝的肥、泥、砂融合组成新的土壤体系，为竹根生长创造舒适疏松透气的环境条件。细砂石是从好远的地方运来，金贵不在乎这点钱。

一个叫九爷的中年男人，挖竹窝干活，心里好像有话要说。金贵正在挥锄挖窝刨着泥土，额头上冒出一层细密的汗水。九爷说："别看金贵这几丘小小的田块，这是梭罗寨的深圳。"金贵一听这不恰当的比喻，忙停下手中的活，双手撑在锄把上，又抹一把额头上的汗，微微一笑，说："九爷夸张了。不过，土地上的种植，不能盲目蛮干，看见人家赚钱了，才敢壮起胆子投钱干。"其实九爷说得不错，五年前，金贵种甜菊就从这几丘田土开始，带动大家蓬勃发展，三年间给梭罗寨带来七百多万元的收入。金贵这几丘试验田，以前他曾经种过孟加拉国的木瓜、新疆的哈密瓜、长白山人参、树上西红柿等，也许这土地疲劳了，最后都以失败告终。

六七亩田土种上黄竹。他老爹交权了，家里一切由金贵当家做主，他不去挡金贵想要做的事，种好口粮田就行。金贵种的是新品种黄竹,竹皮黄色,竹质坚硬,用途广泛,速生快长,但竹苗价格贵,他直接把竹鞭带苗从江西拖回。金贵种竹的创新,加大密度,缩短投产周期,购买的竹鞭带苗增加一倍,仅是竹苗就花去一大笔的钱,还有种植费和肥料投入。竹苗数量大了,还用一辆大货车拖运。

他六叔说:"你种这竹本钱这么大,就说有钱赚,恐怕也学不起。"金贵说:"六叔,这趟水深我先蹚,暂且先试试。江西那边人说了,一次投钱管到子孙代。"芒种刚过,坝上都插上秧苗,唯有金贵栽下那几亩竹田鹤立坝中,仿佛带着一种特殊的使命,颇有鹤立鸡群的风度。

金贵这边忙碌着种竹,坏消息传来,七哥和八弟出事了。原来七哥和八弟去小山村指挥部拿钱,不知怎么被派出所拘留了。那天早上,七哥和八弟从浙江萧山乘车出发,赶到小山村指挥部,走进熟悉的办公室,办公室两个年轻人趴在桌子上睡大觉。隔壁房间,一男一女财务人员正在电脑上打着游戏玩耍。出发前,七哥与郑总通过电话,郑总说他还在蓉城,指挥部有人验收。他俩的脚步声却惊动了他们的瞌睡,俩人睁开惺忪双眼。种树打了半年交道,彼此都混得很熟了。七哥懂事,寒暄几句,先备好两条名烟放进抽屉里。中午,两个年轻人答应带人上山验收。七哥和八弟随着验收人员走上山头一望,相隔几个月了,种树的山上变了样,原先割的野草重新长出嫩绿的新草,但部分草色变黄,据说打了除草剂。成活的树苗从草窠里冒了出来,开始伸出淡黄的嫩叶。几个验收员对十多个山头抽样验收,清数成活苗,整整忙碌一个下午,才把十几个抽样验收的板块面积弄完。综合测算,树种的死苗率在5%以下。双方没有发生什么争执,都在验收单上签了字，算是验收通过。

七哥和八弟回到指挥部，提出划款。财务人员急忙解释，要他们再等些时间，理由是上面的资金没有到位。

他俩只好打道回府，白跑一趟。相隔半个月，七哥又给郑总打电话，回话还是没有钱。连续打两次电话，郑总都说没有钱，最后七哥再次打郑总的电话，电话打不通了，七哥和八弟紧张起来。没过几天，他俩又坐车前往小山村去要账。刚跨进办公室，一个素不相识的中年男人耷拉着脑袋坐在老板椅上，满脸络腮胡，长得好像江湖黑道上人物似的。他听七哥说是来要款的，很不耐烦地说："郑总不在，你们啰唆什么。"七哥显然愤怒了，他冲着那人粗声骂道："混账，你们太欺负人了，跑了两趟冤枉路了。今天不给我们划款，我们就在你指挥部吃住不走了。"

那个中年男人身材比七哥高大，一听七哥说着粗话，凶相毕露，叫吼道："你也想到这里撒野。"骂出的话含有威胁，倏地起身连推带搡要把七哥轰出大门，八弟怕七哥吃亏，忙弯腰去抱住那人大腿。推搡中，七哥急忙弯起胳膊肘，朝着那人脸上使力一拐，肘骨恰撞在中年男人的鼻梁上。那人鼻血直流，用手一抹，满脸是血。他们慌了，另一个年轻人慌乱中打电话报警，说指挥部被人袭击。过了半个小时，就听见外面警车奔来。七哥和八弟就被带进小镇的派出所。当时金贵正在给竹子培土，突然接到溪县小镇派出所给他打来电话，说七哥和八弟出事了，金贵心里一震，坏火了，那余款肯定拿不回来了。他不想给任何人说，只告诉秀梅。当天，他从鹤城乘车直奔溪县，站在火车上过了一夜。

天亮了，金贵一下火车就匆匆忙忙直往小镇派出所赶。七哥和八弟被关在一间窄窄的拘留房，熬受一夜蚊子叮咬的苦，放出来时，一脸黑尘。所长正与金贵交涉调解。那个矮敦身材的所长，人还算正直，没有在他们身上吃黑钱，他缓缓地说："要账没错，但不能打人，这是犯法的。"七哥说是对方先动的手，金贵劝他别说了，向对方认个错，我们还有资金在人家手中。七哥脾气一向有点犟，他气鼓鼓的，就是不肯认错。金贵当场给那个络腮胡的中年男人赔礼道歉。最后付对方两千元医药费，罚款一千元。金贵立即拿出钱来当场交给派出所，带人就走。在回浙江的路上，七哥还在说硬话，他赌气地说："若不付我们的钱，找几个人把那个郑总灭了，欺人太甚。""你七哥不要干这蠢事。"金贵说。

果然拿不回钱了。当金贵和八弟再次来到小山村指挥部拿钱，却看到人去楼空，房东告诉他们，说郑总的房租费都没付。

所剩六十万元的苦力钱要不回了，电话联系不上，就算打官司要钱也找不到人。金贵在垂头丧气中，复又暗自庆幸，好在提前要回大部分的工钱，不然真不知怎样撒裹（了结）。

这天他正在竹地里干活，临近晌午，正准备回家吃饭，秀梅来了。她走到竹田问道："金贵哥，那钱真的要不回了吗？咋看郑总不像个骗子。"金贵说："人心隔肚皮，谁晓得他那花花肠子想的歪事。算了，别提了，一提这事头痛。"秀梅是来退钱的。秀梅身着那件新款式花格子衣服，丰满撩人。她从衣兜里取出银行卡递给金贵说："你银行卡上的钱，我只动了两万还贷款，剩下的钱你拿回去。你现在正需要用钱。"金贵说："再难也不缺这个钱，拿回去吧。"两人坐在竹地休息会儿。金贵说起他妈在催他的婚事，老人想在冬天把他和秀梅的婚事办了。秀梅听了金贵的话,不吭声,她在踌躇,因为她兄弟还差三年大学毕业,真的嫁人了,那兄弟的读书费用怎么办?"金贵哥,等我兄弟毕业了好吗?"秀梅说。"只要你肯嫁,兄弟上学的费用我们承担。"金贵很慷慨地说。秀梅始终不同意,她说毕竟是两家人了,她不情愿这样做。中午,坝上干活的人都回家吃饭去了,四周阒然无人,男女间的见面,一种渴望的心又一起跳动,金贵和秀梅躺在田埂的稻草上。秀梅含羞地说:"金贵哥你太野了,真见不得我。"金贵只顾亲吻着她的脸。太阳照射形成稀疏的竹影映在俩人身上,金贵嘴唇留下秀梅嘴唇诱人的气味……

第八章

　　金贵种下的竹鞭，6月开始长出参差不齐的幼竹，枝叶上挺，皆是新的生命体。植体呈浅黄色，远看好像一团凝固的阳光罩在坝上。人们知晓金贵在田地里种上黄竹，惊诧不已。一天，坝上干活的三五个男人，他们随着金贵到过小山村种过树，歇息时，跑到金贵下坝的竹林观看。"金贵兄弟，你种这竹的东西，有没有赚头呢？卖得到钱吗？"一个比金贵大五岁的壮年男人迟疑地问道。金贵说："这估计不准，先种下看看。"金贵说着照常干他的活。他们看会儿嘀嘀咕咕地议论一番，带着怀疑心绪离去。金贵着迷了，把一切希望寄托在黄竹身上，每天在田地里打理、施肥、除草、培土促根、育笋壮竹。种这棵极为平凡的东西，金贵肯下这番功夫，就像伺候宝贝儿般的认真。又一冬过去。金贵听说过竹笋夜间破土的奇妙，翌年4月春末的一个夜晚，在竹笋即将破土的时辰，他像个接生婆似的，要去迎接婴儿降生。拿着电筒到竹田里蹲守，等待动静。连续守了三个夜晚，竹林里仍然没有任何响动。第四个夜晚的凌晨，他还在耐心等待。夜色没有月光，眼下是一团漆黑坝子，是那么厚重和沉郁。两只夜莺在夜空哇哇地叫，身边的蛙声十分悦耳，几只纺织娘也在低唱浅吟。他正想回家，忽而从地上发出噗噗的脆响声。电筒光照去，四五根笋尖顶破了盖土，真像婴儿冒出头了。紧接着，又是低闷噗噗的破土声响起。十几根竹笋尖同时冒了出来；一会儿不远处的田角边"噗"的一声，又冒出几根笋尖。笋尖破土的力量有大有小，高高低低的响声持续不断，像黄豆在热锅中爆炒破裂的声音。一夜间，竹笋争先恐后都冒出来了。自然界有趣的力学作用，仿佛演绎着一种生命的力量。待第二天早上，金贵急忙走到竹林一看，惊呆了，地上到处冒满了浅浅棕色的嫩笋，活鲜鲜的。九爷和六叔在坝上干活，听说出笋了，他俩放下手中的活，急忙跑到竹地看稀奇。"金贵，都冒出来了吗？"六叔问道。金贵蹲下摸着刚冒出的笋尖，说："真的冒出来了，好大一根哦！"九爷蹲在旁边看着竹笋，说今冬要搞两亩。金贵说："别慌九爷，还在试种，干出点眉目了再动手。"

"不要说卖竹子，光卖嫩笋子都可以赚钱，这笋子城里的人喜欢得很，卖得起价。"九爷说。六叔说他今冬也要种两亩。他问金贵，这个竹子不会再发地火吧？金贵说："六叔，一般不会，但也要防。"他们开始对种竹产生兴趣。金贵老成持重，叫他们再等一下，让他收得票子再干。由于竹田底肥下得充足，笋子长得很快，几天后竹笋齐刷刷地拔节，好像兵马俑排兵布阵般的傲立。一个月后，竹笋越拔越高，直至脱壳，从竹节上生发出细细长长的新枝叶，婀娜多姿。八月中秋节，那竹笋"蜕化变质",变成一排排直瞄瞄的竹林,秀丽挺拔。老远望去,宛如一幅立体画。一年期的竹林,地下竹鞭正处于壮芽苞,根须正是扩张的时期,一般不砍母竹,让其藏在地下输送养料,也为第二年从竹根伸出的新笋创造条件。这天九爷又来试验田看竹,新竹长得密匝匝的,九爷说:"怎么像种水稻那样密植。"金贵说他懂得处理植物群体与个体的关系,适当密植,先把地下竹鞭培养起来,不断为竹鞭扩展地盘。有鞭就发得起笋,有笋就长得起竹,有竹又才发起鞭。这是相互的辩证关系,让竹子产出最好的亩值。金贵把这番竹类的知识科普给九爷听。

　　七哥和八弟从那次取款受挫后,一直在浙江打工,后又到一家私营伞厂干了三个月。这家伞厂倒闭后,他俩分手了,七哥去一家用电脑可以销售货物的商铺打工,八弟去了台州一家私营建筑企业打工。八弟会干电焊的活,工资高,当年找回一些钱。

　　七哥干上了电商的活,老板对他印象不错。业务肯钻,脑袋瓜还算灵活,半夜三更加班加点干活不计报酬。他的能干,老板看在眼里,准备提携他。谁知七哥老毛病又犯了,生性的倔劲不改,眼里掺不得半颗沙子。一次,老板月底了没有发工资,又过半个月仍然没有响动,他憋不住了,带头闹事,最后被老板炒了鱿鱼,结算得几千元回到梭罗寨。回来当天下午,他来到坝上金贵的竹林里。冬天了,金贵正在竹林捡拾着散落在地上的竹笋壳。秀梅叫他多捡些竹笋壳,她拿去做鞋子底面。七哥蒙了,相隔两年多没上坝子了,在他眼前突然出现大片竹林,竹林的翠色充满了空间。七哥蓦然明白,金贵哥好心机,原来早在小山村种树时,他就打起种竹的主意。一阵风刮起,竹林拂风摇动,传来竹叶簌簌的响声。

"金贵哥,你的心事藏得深,那时我看你经常往小山村那片竹林跑,原来你是为干这个事。"七哥说。

"事情都没干出来,怎么好意思对外张扬呢?你还在杭州干吗?"金贵直接问他。"金贵哥,我又惹事。"七哥又说出被老板炒鱿鱼的全部过程,他愤怒地骂道,"那些当老板的家伙,没有一个好东西。"金贵说:"你脾气要改一改,干事不能由着性子来,不然吃亏的是自己。"他又问到八弟混得怎么样。

七哥说八弟搞到事了,不仅挣到大钱,还和人家老板的三姑娘好了。金贵听了不相信,因为七哥一贯说话办事爱夸张和添油加醋。"七哥,这是真的吗?"金贵狐疑地问道。

"那不假,我去过台州,与那个姑娘见过面,人长得抻抖,面色好看。"七哥说他到过八弟住的房间,描绘得有声有色的。金贵说:"你和堂嫂的事该办了。"

"你和秀梅先带个头。"七哥反而说起他和秀梅的事。

"别说女人的问题了,谈正事,我再不想出去打工了,金贵哥,我跟你干,和你在一起做事有主心骨些。今冬我把放荒的几亩田土全部种上竹。"七哥说着,转身双手抚摸着黄色的竹体,仰面望着头顶上翠叶,一群山雀从竹林惊飞而出。金贵种下几丘七亩多竹林,四周被田野包围,在坝中突兀挺拔,呈现一道好看的风景。冬天的竹,木质素增多,金贵还在蓄养着,待下年新竹笋即将出土再伐,这是一种新的培育方式。

七哥转了一圈,又回到金贵身边。这年冬天,他带头和寨上二十多户人家,跟着金贵在坝上开始种竹了,有的种在月亮山上。金贵又建起种竹合作社,社员信任金贵,他又当选为社长。只要金贵说能干的事,社员就跟着他干。但是寨上的大多数人,还在观望,不敢动手,一朝被蛇咬,十年怕井绳。他们在等待和观望,连秀梅爹都打住了,叫秀梅暂不慌种竹,再等等看看,原因是只看见竹子的翠色,还没看见金贵数得票子。这次秀梅还真拗不过她爹。

坝上可热闹起来,七哥和二十多户人家又像当年种甜菊那样干得热火朝天,男男女女一起上。这几天种竹,天色好,冬天漫长,晴天要多些。两辆长货厢的车,装着用塑料袋包裹的竹鞭,还连带母竹,从江西宜春拖来。大卡车停在坝上,七八个男女在卸竹苗。七哥的田里,金贵正在教七八个中年妇女挖竹窝,做示范。瘦狗开着那辆半旧的农用车忙着拖复合肥,另一个小伙子开着农用车拖细砂石,一车肥又一车砂倒在种竹的田里,一派繁忙的景象。七哥种完竹,又去帮堂嫂家,金贵也去帮忙。左侧有一条通往小镇的大路,它是梭罗河下游山寨走向山外的一条通道。人们行走在路上,望见坝上的轰轰烈烈场面,驻足观看,有的嘲讽说:"梭罗寨人发疯了,糟蹋这样好的坝子。坡上毛竹满天满地,还用得着浪费田地栽种吗?梭罗寨的人真是……"

金贵在周边是个响亮的人物,周边的村寨无人不晓。他们冲着金贵本人评头论足,议论一番,褒贬不一。有的说这小伙子喜欢折腾,梭罗寨干大事都是他带头扛。有个酒糟鼻的中年男人在说金贵的坏话,说:"那年梭罗寨人种那甜菊发瘟了,好多人倒霉,至今还爬不上坎,现在又瞎胡闹。"当然这是他的道听途说。一个月后,在坝子和月亮山种上两百多亩的黄竹。秀梅家是最后一户,她爹琢磨了几天才松口。

八弟带姑娘回家过年了,七哥并没有说谎。这个八弟平时拙拙讷讷,做事不声不响的。个人婚事,他比金贵和七哥先靠岸,而且带回的是他老板的三姑娘。八弟与三姑娘的姻缘是一次巧合。那年腊月，已经到年边了，但他老板的建筑工地还没有发钱。那时三姑娘在他父亲公司任出纳。一天中午，三姑娘的财务室突然冲进七八个男人，他们怒气冲冲要三姑娘发工资，并发生争吵，当时八弟正在隔壁焊着钢条。几个男人没得工资，在财务室吵闹，愤怒之下准备对三姑娘动粗。霎时，八弟突然冲进财务室，手里还拿着割钢板的机子，站在三姑娘面前，说："谁敢动三姑娘，我的焊机不认人。"说着，他舞起机子恫吓。一个肥胖的男人冷不防向他扑来，紧接着三五个人一起向他扑来。八弟被推倒在门角。紧接着几个人蜂拥而上，雨点般的拳头落在他身上，耳际被刀划开一道口子，鲜血直流。三姑娘尖叫着打电话，当时老板不在家，三姑娘的大哥接到她打的电话，急忙带着保安赶到，把八弟及时送到医院，他的伤口缝了九针。

三姑娘小巧玲珑，身材不高不矮，嘴唇涂着猩红色口红。八弟突然带着三姑娘进屋，让八弟爹妈高兴得不得了。三姑娘说她走进梭罗寨，看见寨巷大小路径都铺上柏油路，路面干干净净，连接各家门头。她就觉得这里不是穷村，也不是穷乡僻壤的村落，只有陌生的大山和听不懂的语言。

临近年关，年轻人回寨了。当天夜晚，闻知八弟引得姑娘进屋了，为光棍汉树立了标杆。后生们始终没有忘记山寨的仪式，于是大家在瘦狗家聚集，从荷包掏钱买爆竹，好去八弟家看新娘子。吃好晚饭，金贵和七哥先到了八弟家。八弟忙给三姑娘介绍说："这是我们的老大。"三姑娘低头瞄金贵一眼，金贵两片厚厚的嘴唇，一双炯炯有神的大眼睛，气宇轩昂，与众不同。小伙子们前呼后拥地也来到八弟家，一步跨进大门，一个后生说起吉利的贺词：

八弟娶新娘，太阳闪金光。
娶的苏杭女，明日抱金娃。

大家齐声呼道："抱金娃哦！"八弟兴奋且慷慨，小伙子们走进屋，每人发给一包精装的利群香烟。三姑娘含蓄矜持，但她懂事，忙给泡茶递上。约莫半个小时，两个小伙子买得爆竹，走进屋里，八弟明白年轻人的意思，他忙阻止说："兄弟们，还没有正礼，我爹没有看好日子，改日再放。"八弟对小伙子解释，三姑娘两眼凝望着八弟，不明白在说啥意思。

七哥在旁调侃八弟："你八弟兄弟，莫说什么正礼了，你都把人家姑娘睡了，还装嫩。"这粗话脱出，让人们感觉他在逗别人快乐，屋里男男女女一阵哄笑。堂嫂在背后骂七哥说："背时七哥乱说话。"七哥叫小伙子赶快放爆竹。两个小伙子点燃手中的引线。三姑娘听不懂七哥说话的意思，只是恬静地微笑，她问七哥刚才在说些什么？七哥哄着她说："八弟永远爱着你，明白了吗？"

"真是这样说吗？"三姑娘疑惑地问道。院坝爆竹声响起，噼里啪啦炸响，响彻山谷。院坝到处烟雾弥漫，硝味刺鼻。八弟家客气，他妈已煮好甜酒，秀梅、堂嫂扮演主人家的角色，主动端着甜酒递上，又把糖果端出来，寨子人看新娘喝着甜酒，其乐融融。年轻人喧闹会儿，兴犹未尽，又叫八弟拿出白酒，分别向八弟和姑娘敬酒。三姑娘出于对当地习礼的尊重，每人敬她的酒都喝下，喝得脸颊酡红。她喝醉了，八弟也被劝醉了。大家尽兴，带着几分醉意散去。

七哥和堂嫂也有了进展，堂嫂半老徐娘，但是风韵犹存，六叔给当媒人，金贵竭力撮合。大年过后，七哥和堂嫂结婚了，俩人尽管已经是第二次婚姻了，但是结婚时还是杀了两头大肥猪。请了八个男女歌手，唱两天两夜贺喜的歌谣，场面办得热热闹闹的。当年发生那场黄麻事件后，七哥的爹没活到花甲就作古了。不久，他妈也撒手人寰，上有两个大姐都嫁到山外的村寨。那时候，七哥刚满二十岁，身上满是懵懂和野性。他在一所中专读书时爱逛网吧，极恶读书，没人管教，结果荒废了学业，不得不辍学回家种地。自从与打工的前妻离婚后，他一直过着单身汉的生活。姑娘们都出外打工去了，附近的村寨也没有几个姑娘了。当然也有其他原因，没有十几万元的彩礼，休想把姑娘娶到屋。七哥他没有这个能力。

娶堂嫂年龄是大些，堂嫂的真正年龄与七哥不是女大三，而是整整多出五个年头。但她人善良，姿色并不比其他女人差。桃花色的脸，红光满面，笑时露出两排糯米般的白牙。七哥喜欢堂嫂，这是俩人的缘分。也有人逗弄他，说："七哥享福了，他一进屋就有人喊着爹了。"因为堂嫂身边还带着东瓜拖斗，这样不费劲儿就做起父亲。七哥开通，他并不在乎什么。七哥来到堂嫂的身边，与原来判若两人，衣服穿得抻抻抖抖，说话的嗓门也变低了。俩人踏实过上小日子。七哥感到家庭的温馨，就像一层金粉撒在生活的小径上。他和八弟都圆满解决了自己的终身大事，唯有金贵和秀梅还没有动静。

第九章

　　黄竹的高山种植，它默默地吮吸着土地里的水分，这里的红壤土和特殊气候滋养着黄竹茁壮成长。3月早春，天气刚刚开始变暖，万物都在期待，萌动的竹笋充满着梦幻和希望。春天的温暖催促着一根根幼笋争先恐后从地里冒了出来，它们站成一排向着太阳。翠叶在和风的摇动下发出轻语。经过一年的竹笋蜕变，竹笋脱壳又演化成一片片直瞄瞄的竹林。经过风雨历练的幼竹，长到两年后的竹体逐渐走向成熟。金贵本准备冬季砍伐这片竹林，但为促进地下多长鞭、多出笋，使竹笋不受影响，他有意识延迟到翌年的3月初砍竹。

　　这天上午，他叫来七哥、九爷、六叔，还有寨子里十多个中年人帮忙，男人腰身别着一把砍柴的沙刀，走进竹林砍伐。生命力强的芽苞开始冒出了笋尖。金贵特别交代说："小心，不要踩伤地下的竹笋。砍伐不是一扫而光，要适当留下足够的母竹。"

金贵说着抡起沙刀砍竹示范，啪啪啪一瞬间倒下大片。适当密植长出的新竹，竹体瞄直，节间腹肚长，粗细大小均匀。当天砍下的竹，剔掉竹颠，然后截成长短一致的成品竹，五十根为一捆，将捆扎好的成品竹堆在田埂上。金贵的竹卖到江西宜春一家公司，这家公司给他提供竹苗，事先有了合作协议，对方回收成品竹。这家公司是宜春最大的竹业种植、竹苗繁育以及加工企业。那个身体肥胖的朱总还算和事，只要竹价价格合理，质量好，她欣然答应回收竹子。况且金贵已经从她公司采购了批量的竹苗。她对金贵说过，公司每年都到外地收购大量的成品竹，对竹需求量大，可以签长期供货合同。

金贵带着七哥随车到宜春交货，一根黄竹以两块五角钱为计价基数。收购标准严格，以测竹胸径、粗、细计价，等于以数根计算，结算后卖得四万两千元钱。竹笋上市又卖得些现钞。七亩多地竹林，加上卖竹笋换得五万多元钱。尽管与种甜菊的亩值差异甚大，但金贵有如种甜菊成功的兴奋。钱收多少不去琢磨，最终把种出的物产变成人民币，这是最大的喜悦和成功。七哥跟着金贵卖竹收款，从头到尾参加。他说："金贵哥，我哪里也不去，就干这行算了。前两年在外打那个工，为找两个钱，受人欺负，受不了那个窝囊气。"七哥的脑子好使，他还提出自己的见解：他说竹笋行情好，就以卖笋取胜；成品竹价格高，就以卖成品竹为主。金贵觉得有道理，但自有设想，还满有把握的，只要竹价不变，今后逐渐把竹业的种植规模发展起来，准备引资竹类加工企业。因为他考察过很多发展竹业的村庄、厂家和公司，别人都是这样干的。

两年又过去了，原来不敢动手种竹的人们，眼见金贵连续两年种竹卖得十多万元钱,紧接着先种竹那二十户社员马上卖竹数票子了。眼见为实,一时间彻底打消他们的顾虑,梭罗寨的人想通了,又来劲了,纷纷要求加入金贵合作社种竹。晚上,金贵家堂屋坐着三十来个想种竹的人。有的询问每亩种竹投资成本和销路。一亩竹要投多少钱,收到多少效益。金贵耐心解释。金贵房下一个大表哥,年龄四十出头,脸上长有一颗黑痣。他没有去小山村种树,长期在外打工。他说:"金贵表,该早干一年就好了,我是个捉泥鳅又怕沾泥巴的人,那年种甜菊,我也不敢干,畏畏缩缩的。这年成,胆小怕事反而讨不到吃。"金贵心平气和地说:"现在干不晚,不敢干的事多得很,不是你的错。因为经历过失败的事太多了,先摸着石头过河。"接着,金贵又向大家瞟一眼,反问大家,如种竹有什么困难照直说,他可以帮忙协调银行解决。但多数人说不要,难去还账,真正种竹都说有钱投资,因为前两年种甜菊垫有底子,在银行每家多多少少都存有些钱,不需要贷款。只有九爷,他说今年种竹面积还要扩大,他想把另外寨子丈母娘家五亩地一起种竹,需要贷款四万块钱。他也说不敢多贷。金贵说:"你九爷找石行长就行,他认识你呀!"

准备冬季种竹的社员,心情忽地急躁起来。社员们迫不及待,又来到金贵家,说今年春季马上种竹,并把竹款交到了合作社。社员脑筋自觉转弯的行动,金贵满口答应。于是,就在交齐款子的当天,他和七哥立即到宜春调竹苗。这次种竹面积大了,调竹苗数量多,有的车子来回跑两趟运苗。坝子、山上到处堆满了竹苗。梭罗寨的坝上形成两个战场,这边砍竹,那边坝子和山上种竹,一起抢抓这个时节。梭罗寨上下呈现一片繁忙的景象。

梭罗寨的劳力转不过来,有的人家把亲戚朋友叫来帮忙。大货车直接开到田边地头拖竹。几天砍下的成品竹,堆在田边像小山头似的。到梭罗寨打工的十几个中年男人正在忙碌装竹上车。装竹上车是个苦活,来回搬动一捆捆笨重的竹子上下车,身上衣服被汗水湿透。装竹的车一辆接着一辆驶出坝子,扬起一团团黄色的滚滚灰尘,朝着东边公路驰去。收购公司做得老到,直接派出验收员到现场验货,每捆五十根。原则以大小、粗细论价,以金贵与收购方商议的交货价为准。金贵每天要做好与收购方的对接,统一由合作社交货,户间各记各账,金贵采用之前甜菊的销售模式。销售中抱团,以便竹价统一,保证货款及时回收。七哥和堂嫂在田里忙着砍竹,还请来外村七八个小伙子帮忙。砍竹也是个苦活,有如小山村种树般费劲,没干多久,大家累得满头大汗。七哥砍完自己这片竹林,接着又砍伐堂嫂的那一片。金贵在坝子跑上跑下的。秀梅家六亩地正在砍伐。她家劳力少,她妈去了龙家寨一趟,把她两个舅舅叫来帮忙。这天,金贵爹走进秀梅家竹林,拿起沙刀闷鼓闷鼓地砍竹不停,不与谁说话搭白。秀梅爹感到奇怪,他问:"亲家,你帮我们,你家那片不砍竹啰?"金贵爹砍着竹,说:"我金贵自有安排,他说放到最后,我先来帮亲家一把。"说着,他用袖衣胡乱擦拭脸上的汗水,又抡起沙刀砍竹不歇。

那天在路上说金贵闲话的竟是秀梅家那个酒糟鼻的大舅。当他来到坝上,看见这番轰轰烈烈劳作场面,心里纳闷,他就弄不明白,难道这棵黄竹真的这样值钱吗?在砍竹时,他问秀梅爹:"这竹能卖得多少钱?"秀梅爹说他不知道,他又问:"你家种那个甜菊的贷款还上了吗?"秀梅说:"舅,早都还上了。"金贵爹转变认识,他在一边砍着竹,且帮腔回答:"老表,不瞒你说,去年收得五万块钱多点点,也不算多。"

秀梅舅一听到这个数,感到吃惊,真的收得这么多吗?他抱着怀疑态度。他又说:"真正搞到这个数,明年我们龙家寨全部种竹。"不知他说这话是赌气,还是真的想要种竹。秀梅说:"舅,你们种竹要种新品种,入社的竹子才能卖得脱。"她舅不吱声了。金贵走来了,看见他爹在帮忙,心里暗自高兴,老人没那么固执了。他对秀梅说:"你家的竹子明天验货装车,今天排不上了。"正说着话,忽然从下坝传来一阵吵架的声音,金贵急忙转身向下坝走去。原来是他家满娘,与对方验收员为验竹争执起来。她有几捆细竹的胸径达不到要求,要适当打折扣降价。她不依从,说是打折扣亏了她,于是跳脚与验收员吵骂起来。当金贵走到她面前,那个验收员说:"社长,这个女人耍横,我们真验不下去了。"金贵走到几捆扎好的竹堆面前看了一眼,相互对比。心里有数,于是他对他满娘说:"要按照人家的标准验收,你这样一闹,公司不收我们的货怎么办?""他们克扣我竹子的价。"她说。"不合格的竹子适当折点又怎么样呢?"金贵说。"这是你教栽的竹,只有这个货,那是你的事。"她说。他满娘说起耍横的话。

金贵一听这话,就来气,他从来没有遇到像这样不讲理的自家人。他沉下脸训斥说:"满娘,你不服验收,那你家的竹暂时不验。"这不验货,等于收不到钱。他满娘顿时跳起脚骂:"你们不验,我让大家都做不成。"她骂着疾步走向竹堆,拿起放在竹堆上的计算器准备扔,被金贵喝声制止。正在吵闹中,金贵的满满来了,他也是个不省油的灯,今天却表现诚实,他对金贵说:"你晓得你满娘的脾气,不要和她计较了,马上验货,这个家由我做主。"金贵的满娘往地下狠狠地吐了口水,"呸"的一声,一个转身,拿起一顶斗篷,气鼓气胀地上了坝子。发生验竹的小纠葛,让金贵明白,种地的产业弄不上去,也怪有的人不讲信誉,自己砸自己的牌子。前几年收甜菊也发生类似的事,人家要收嫩度好的甜菊,也是她这个满娘带着寨子几个中年妇女,偏要老叶都一起割,硬要对方收,弄得对方左右为难,最后由金贵自己摆平。

金贵回到家吃午饭,他爹到秀梅家吃饭去了。他刚端起饭碗,他妈说:"你怎么去得罪你那个满娘,就帮她多收两根竹又怎么样?也是本家人。"金贵感到奇怪,说:"妈,你怎么晓得?""你满娘从坝上回来就到家告状,她说你太直接了,说话不往内家人掰,气死她了。"

听了他妈的这番话,金贵没说什么,但心里明白,别当回事。这是女人的小私利。他妈问他爹怎么不回家吃饭,金贵说:"到秀梅家去了,帮秀梅家砍竹。"金贵妈沉着脸,心生醋意,她唠叨不停地数落,说:"鬼打的,自己的竹林不去砍,还有那闲心去帮别人。"

经过砍伐后的竹林,残留的竹桩一片白色,预留的母竹在微风中孤独地摇曳。右边坝子面积大些,大多数的田里都种上了竹子,人们留种的口粮田像一面镜子插花似的夹在梯田中。形成田中有竹、竹中有田的立体景观。

车子拖完竹,打扫战场。金贵和七哥及时到宜春结算,去拿款子的路上,七哥坐在车上心事重重,他取款被骗怕了,心有余悸地说:"金贵哥,这八十多万的竹款没事吧。"金贵胸有成竹地说:"七哥,我们每次出征,除最后一次在小山村取款空手而归外，其余都是打胜仗。从去植物所取回的甜菊款，直至种树的预付款到账，每次都很顺手。这次不会放空，放心好了七哥。"果然，他们一到公司结账，七哥把验收单送到财务处审，又拿给朱总签字，这个朱总只是瞄了一眼，便拿起笔在验收单上潦草地写几个字，七哥拿回给财务人员办款。办完款，朱总特意请他俩吃饭，其意在加强合作。款子到手，七哥放心了。

一笔八十五万的竹款，汇到银行合作社的账上，七哥又分别划到各售竹的户头上。竹款最高的是九爷，卖得六万多元。七哥卖得四万多元。连堂嫂都卖得三万五千多元。秀梅家也卖得三万八千多元。金贵卖到四万二千元……晚上，金贵家又热闹起来。堂屋客厅坐满了人，他在兑现竹款，金贵把卖得的竹款公布于众。屋子里霎时变得非常寂静，人们支棱着耳朵听着进账的数目。金贵公布完后，他说钱都划到你们各存款户头上了，可以拿银行卡到银行查询。竹款进账了，给大家带来愉悦，每人脸上显现出不同的表情。金贵的六叔挺满意，卖得四万六千多元的竹款，他说："种竹，多少还有点窍头，就怕垮价。"金贵的满满家卖得四万元多点，他坐在木椅上抽着闷烟，不吭声，保持沉默。最激动的是九爷，他表现有别，早提来那一罐蜂蜜酒放在金贵家的八仙桌上。金贵说："这竹款不算多，比起种甜菊差点劲儿。但是，现在庄稼人种地很难挣钱了。待到竹笋上市后，再扯点竹笋卖钱添补，但不能随意多扯。到那时我会教大家。"这晚上，大家高兴地喝着九爷的蜂蜜酒，九爷醉了，七哥也喝醉了，堂嫂把他扶回家。月亮还挂在树梢上。两个月后，走进砍伐过的竹林到处长满了新笋，直瞄瞄的。金贵在竹林里教大家扯笋，说多预留些笋，不能随意拔光。

第十章

一大清早,秀梅骑着摩托车到镇上银行取款,给她弟寄去生活费。为她弟读书的事,她和金贵的婚事一拖再拖。办完汇款业务,秀梅又取得一沓厚厚的现钞收进包里,一阵风似的回到家里。秀梅把那一沓钱交给她妈,说:"妈,这是五千块钱。"她妈拿起钱捏在手中,径直走到床前,仰头往挂起的蓝色帐幨袖筒一塞。她妈把钱藏在帐里。

秀梅到灶堂烧火煮饭。她说银行还有八万多元的余额,这是她种树和种竹存上的钱。前两年靠种甜菊挣得的钱,用于她弟读书后所剩无几。她妈说:"只要把毛弟盘出头了,我们就松活了。"秀梅又提起金贵帮她家还贷款的事。她说起这话题,其含意是,没有金贵的帮助,这个余数会变小的。

她妈正在用瓷盆淘着米,把淘好的雪白大米倒进沸腾的热水里。她对秀梅说:"昨天金贵爹到屋讨红庚了。"秀梅爹拿着柴刀正在院坝破开一根大黄竹，用作菜园的栅栏。她爹搭白，说："妹崽该出嫁了，不要把秀梅紧箍在身边，应该答应人家了。"

秀梅沉默。她心里明白，她有三个多月没来月经了，心里有些紧张，也许真的怀上了，但又不好意思告诉她妈。

她妈说："怎么不答应，但嫁也要有个嫁的哈数。"秀梅晓得她妈说的意思，要金贵家过礼钱。秀梅不吭声，她到堂屋用菜刀切着猪菜。干这家务活有些烦乱，不由回想起过去那段不愉快的婚事，后悔那时天真无知，认为走出大山就是幸福，她不敢再想下去了，有时她还挂牵丢在广东的芬芬。秀梅要找金贵，心里有话要说。于是她去了坝子一趟，结果金贵不在竹林里。金贵和七哥出差了，去参加南方的竹业产品展销会，两天后才从南昌赶回来。这天下午，她来到金贵家，金贵正在他的房里翻阅从展销会带回的资料。

秀梅走进来，"我今天嫁人了。"她说着，脸上露出不可捉摸的神情。金贵一听，感到愕然。他急忙问："怎么？"秀梅没有瞒他，她嗔怪说："都是你做的好事。"她说已经怀上了。金贵"哦"了一声，一时无语。

秀梅决意要到金贵家去，这不是她的创造。这里族人的爱情浪漫，男女间在山上经常幽会唱歌，难免瞬间擦出火花。一时间干柴见不得火。在山水间翻云覆雨，一旦女人怀了男人的种，便先到男方家把孩子生下，最后女方家才送嫁妆打发。秀梅不在乎人们的闲言碎语，她不要娘家打发嫁妆，况且她和金贵是已结过婚的人。

当然，金贵的爹妈乐意。不花费烟酒和杀猪宰羊，就把媳妇娶到家里，这样的仪式，二老求之不得。金贵妈心中有数，她暗自小猜，凭女人的直觉，秀梅有喜了。秀梅脸上浮现隐隐约约的妊娠斑，这是兆头。老人心中窃喜，可是秀梅妈就不依从。这天早上，她气鼓鼓地登上门，要把秀梅带回去，她骂秀梅说："你这是作践自己，一点不贵气，臊皮，把老人的脸都丢尽了。"秀梅对她妈说："我的事我自己做主。"

金贵爹在院坝上，望见亲家已换了一副面孔。他左右为难，一言不发，蹲在地上磨着镰刀。金贵妈老练得多了，满脸堆笑，连声不迭地说："亲家母，金贵和秀梅年纪都不小了，我们当老的成全他们就是了。"说着拿起一把木椅递上让坐。

金贵在秀梅妈面前，说："您老人家放心，虽然秀梅嫁来了，兄弟读书的费用我承担。我多次给秀梅说过。"这是秀梅妈喜欢听的话，但她的怒气未消，她说："不能说嫁就嫁了，这女儿不是一天两日捏泥巴捏大的。"金贵听出弦外之音，无非要打发父母点辛苦钱，此话已说到了嘴边。

金贵懂事，急忙打开抽屉拿出一万元的现钞，双手递给秀梅妈。秀梅妈先愣了一会儿，又看了金贵一眼，伸手急忙把钱收进衣兜里，像老鹰抓鸡似的滑稽。

看着她妈一点不害羞拿钱的作势，秀梅在旁瞪圆了眼睛。金贵爹磨好镰刀上了坝子。院坝几棵歪脖李树上几只山雀跳跃，叽叽喳喳叫唤。一只大黑狗在院坝转着，嗅闻地上的气味，在墙脚下撒了一泡尿。

秀梅嫁给金贵了，金贵心中隐隐充满了幸福感。到了冬天，一天晚上秀梅要生了，他叫车及时把秀梅送到镇上的医院。医院设在小镇的东边，四周远离人家，一幢三层的楼房孤矗着。金贵将秀梅抱上二楼妇产科，两位护士赶紧把秀梅推进了产房，随后

"啪"的一声把门关上。他坐在长廊的长椅上等候。时间一分一秒过去，一轮硕大的月亮从东边低低地升起。他站立窗前，面对月亮，焦虑不安，一会儿站起来一会儿又坐下，茫然不知所措。他又站起来走到门口，一阵响亮的婴啼声传来，隔壁婴产房间里也响起两三个婴儿的哭声。婴产房间的房门推开了，一位年轻的护士叫他："你爱人生了，进来吧。"金贵走到秀梅产床前，秀梅脸色惨白，肚子凹下去，睁开眼睛望着他。床里躺着一个身上扎白绷带的粉红色婴儿，两只小眼睛活泼得像两颗黑葡萄。一位中年的女医生正在脱掉带有血迹的白大褂，告诉他说："看你造出这么大的娃，费了好大的劲才扯下来。过秤了，称得八斤二两重。"住了十多天院，金贵把秀梅接回家。弄璋（男孩）之喜让金贵爹妈高兴不已。满月后，秀梅爹妈给秀梅送去了嫁妆。金贵家打"三朝"添丁的喜事，摆了五十多桌的客。与此同时，腊月二十六，堂嫂在家里顺利生下一个胖乎乎的男娃。八弟和三姑娘去惠州安了家。在他老丈人的帮助下，他那个能干的三姑娘，办起了自己的公司，做起外贸业务，把生意做到加拿大去了。八弟几年不回梭罗寨了，听说同年底的腊月，三姑娘也添了个千金。

家里增丁添口，金贵肩上无形压着担子，心无杂念，干劲比以前更大，一心一意扑在竹业上。黄竹在江西打开了市场，第二批种竹的社员已经拿到票子了。梭罗寨又掀起新一轮的种竹高潮，寨子空土闲地以及大片荒山又像当年种甜菊那样，到处种满了黄竹。梭罗寨田土及荒山宽阔的优势发挥出来了，每户社员种植面积二十多亩，有的还跨寨租赁荒山，面积达到五十余亩。一晃两年过后，走进梭罗寨，微风带着泥土和翠竹的味道轻轻抚过。梭罗寨变样子了，过去大路两边荒坡已变成一望无际的竹海。一到伐竹的时节，山上和坝子的大路边四处堆满了竹子。寨口那棵两人合抱不拢的大枫树，再也没有挺拔耸立的孤独感，与四周的翠竹拥抱在一起，像一个寨主似的，披着一身色彩斑斓的枫叶，带领着大片青翠的竹林前呼后拥，紧紧地把梭罗寨拥围在大山脚下。大片竹海的绵延变成梭罗寨一道高高低低的天然屏障。

水涨船高，金贵合作社账上开始存起款子。合作社运作的模式简单，不打破社员各自种竹的经营核算，竞争中充分调动大家种竹的积极性。在销售环节抱团，合作社从销售额中提取5%的钱作为发展基金。几年来，金贵的合作社干得顺风顺水。

这年通过理事会同意，金贵动用合作社基金的钱，在紧挨寨口右侧修起了五间两层办公大楼。大门前挂起一块耀眼的"梭罗寨竹业合作社"长方形牌子。楼房前是一块宽敞的场坝，安装有三盏太阳能的路灯，场坝两边种有一排美观的紫色竹，旁边种有花草绿化。大楼四周被竹林团团围拢着。金贵和七哥手边宽松了，分别买回了十多万元的轿车。几年间，寨上的年轻人依靠种黄竹，口袋里多收了几个钱，又开始发飙了。很多人都买起车子，他们喜欢把车停放在合作社的场坝上，一眼望去，一排排不同颜色的小车给合作社大楼增添了光彩和气势。

七哥操起熟悉的行当，办公室摆放着两台电脑，建起合作社的平台网站，做起了电商生意。在网上卖笋，卖成品竹，对外发布消息，对外宣传造势，一时间梭罗寨声名鹊起。一座边远的小山寨变成了周边闻名的竹笋、竹产品交易市场，每天大小车辆进山拖竹络绎不绝。几年来，黄竹畅销，合作社的黄竹销售额达到一千二百多万元。从种甜菊的成功和失败，直至今天种黄竹的成功，金贵心里受到多次的磨砺，成功与失败，好像两条起伏的曲线时常在心里交织着。

一天早上，金贵和七哥正在办公室与客户谈业务，秀梅家那个酒糟鼻子大舅来到了办公室。今天他突然造访，因为眼见附近的村寨都种上了黄竹。这时，龙家寨好像才从怀疑的深梦中醒来。他们动心了。摒弃了成见，也要种竹。因此，他特意来找金贵，想加入梭罗寨种竹的合作社，要金贵帮龙家寨一把。

金贵先抬眼见秀梅的大舅走进，起身问道："大舅，有事吗？"说着忙泡茶去。他说："金贵，我们落后了，人家寨子都种上竹子，我们也想干这个活，就不晓得怎么弄法。"说着，他接过茶杯喝茶，金贵说："只要龙家寨愿意干，我们可以帮忙。"

金贵又说："大舅，现在种竹季节过了，到冬天再说吧。但先给你们预订竹苗，把钱准备好。"金贵叫七哥继续与客户谈业务，他带着秀梅的舅走出大门，朝着他家走去。

第十一章

　　祝乡长刚到小镇乡政府上任。这天早上,她带着一干人慕名来到梭罗寨,五六个乡里干部走到坝子上,他们在坝子的竹海里找到金贵。金贵正在竹林梯埂上干割草的活,干累了,拿起镰刀直腰站立片刻,又用衣袖不停地擦了擦额头上的汗水。祝乡长站在坝子田埂上,望见大片充满绿意的翠竹,一阵强风劲吹,轰轰烈烈左右摇动,如海浪起伏;大片充满生机的竹林,层层叠叠,铺山盖岭,竹海婆娑。一缕阳光从竹林隙缝间斜射透入,给地上落下大片斑驳的暗影。一时令她感叹不已。一位中年的乡干部急忙向金贵介绍:这是新上任的祝乡长。金贵一惊,祝乡长已经先伸手与他相握,寒暄几句。在双方目光相视的间隙里,金贵怀着敬意的眼神,上下打量着这位新上任的年轻干部:年龄三十多岁,留着齐肩的短发,两边别着一个像蝴蝶式样的夹子,显得庄重、坚定和干练,很有风度。她说:"金贵社长干得不错,耽搁你干活了。"金贵说:"不打紧的,就那么一点点手尾活路。"她打心眼对金贵投来感佩的目光,感佩眼神如此美。她又抚摸着身旁一棵黄竹问道:"你们种的竹不像楠竹。"金贵说是新的竹种,这新品种出笋多,产竹快,周期短,价格高。祝乡长说明来意,说梭罗寨发展产业做得好,想把你们种竹产业模式输送到下游的两个贫困村寨。她说的是青龙寨和蛤蟆寨。这两个村寨是她的扶贫点。金贵沉思一会儿,没有推辞,一口答应。

他告诉祝乡长说:"早在两年前,青龙寨已有二十多个种竹户加入我们的合作社了。昨天,蛤蟆寨又来七八个人登门,要求接纳他们参加合作社。"祝乡长听了,脸上露出一抹笑容。她对金贵说:"是我发动的,我叫他们登门找你的。"她又说,"你们这条产业路破烂不堪,该修整修整了。"祝乡长的意思是叫金贵把路扩宽,改修成柏油路。她让他马上写个报告,资金在十万元的范围内。祝乡长又重复话题,对他合作社发展产业带动社员脱贫的路子给予高度赞扬。她又详细问他种竹的投资和销路问题,还问到有什么困难。金贵认真地做了回答,说:"困难是有的,但是,我们自己想办法克服。"她与金贵坐在梯坎上交谈会儿,金贵又带她和乡政府的干部沿着竹海四周转了一圈。祝乡长走进竹林中,已经被大片的竹林吸引。暗自在想着事儿,正是精准扶贫之年,其实梭罗寨的产业脱贫早已做出了样本。她是个明白人,当她查翻全乡扶贫的档案,小镇三十多个自然村寨,唯有梭罗寨突破贫困线,全乡脱贫攻坚任务十分艰巨。

一开口,祝乡长就拿出十万元给金贵修坝上的产业路,一时间让金贵激动不已。当天晚上,他连夜写出报告。翌日早上,金贵开着车去了乡政府一趟,走进祝乡长的办公室,他直接把报告递给她。祝乡长拿起报告瞟了一眼，立即签上批复意见，并叫他到财政所马上办款。金贵临走时，她又交代了两个贫困村脱贫的事儿，要金贵社长多操点心。金贵两眼盯着祝乡长的脸，默默点头。金贵走出办公室，拿着报告，去乡财政所办款，想不到这位新上任的女领导办事这样干脆利索，真是帮了大忙。原来他本有个想法，那年如是种树的尾款拿回，他准备抽出钱修整坝子这条坑坑洼洼的机耕路。如今走进寨子的水泥路，和家家户户连通的道路，还有各路口安装的太阳能灯，也是那年种甜菊，他拿协会提留的钱干成的。修路的钱拿到手了。这年初春，金贵带着合作社的四十多个男女劳力，扛水泥，挑砂石，拌泥浆，弯道取直，把水泥路由窄变宽。整整奋战了一个多月，一条两公里长的柏油路修通了，从寨口直通竹林的坝子，又向月亮山延伸。

气温回升很快，树林开始发芽了，山上的杜鹃花开了。金贵刚修好坝上的产业路，祝乡长就发动这两个贫困村寨种竹，她在县里筹得一笔专项扶贫资金扶持贫困户种竹。乡政府还任命金贵兼任两个贫困村寨扶贫的指导员，输入梭罗寨的模式帮扶。金贵表现积极，有一股极大的热忱，乐意履行义务。况且相邻的寨子都是老亲老戚的。于是他从梭罗寨合作社抽出五六名种竹骨干，与祝乡长住在贫困村寨里，及时帮助调运竹苗，一起上山指导种竹。有扶贫资金支持，社员种竹的积极性高涨。这次产业帮扶，金贵将两个村寨种竹的贫困户接纳入了合作社。当金贵在山上和社员一起种竹时，想起几年前，他从七亩多地种竹开始，直到今天的星火燎原，借助这产业脱贫攻坚燃烧之势，实现种竹村域大跨越，下游偏远的龙家寨在秀梅舅带动下，也在跃跃欲试。金贵明白，跨村域的种竹帮扶，其实对他合作社也是一个难得的发展机会。干了两个多月种竹的活儿,两个贫困村寨,加上龙家寨种了一千余亩的黄竹,一下他合作社种竹面积扩展到三千余亩。入社社员已经达到一百五十余户。青龙寨种下的新竹与梭罗寨搭界,顺着河岸推进相连,打通了屏障,形成十里通道绿色走廊,十分壮观。

进入5月夏初,那是一个潮湿的、雾沉沉的早晨。四周被高山锁住的竹海,雾气腾腾,雾气在竹林间缭绕,一股一股地往上升。这是竹海最美丽的季节。早晨在竹海中徒步穿越,在雾气弥漫中,只看到漫山遍野到处长满了一排排齐刷刷的竹笋,露珠在竹笋小路闪着亮光。金贵生性难改,一旦有成就收获,一时间情绪兴奋就喜欢造势。上山扯竹笋,原本是个枯燥而简单的笨活儿,他却变个法子,大张旗鼓弄个"拔笋节"的活动。这天,一场具有野趣的"拔笋节"活动正在梭罗寨举行。中午了,太阳当头,天气有些闷热,刮起一阵狂风把竹叶吹得沙沙作响,对面山上的阳雀嘎嘎地打鸣不停。寨口右侧那片平缓的竹林里摆开了拔笋比赛的擂台现场,下游三个刚种竹的寨子也派出选手参加。相邻七八个山寨的人们赶来看热闹,竹林里到处站满了看热闹的人群,人山人海,踩得竹林中的草地乱糟糟的。

比赛开始了,选手们上场,清一色女将,身着圆领的蓝色对襟衣服,一身村姑的打扮。腰后背着拔笋的背篓,背篓有大有小。八位选手列队站成一排。拔笋比赛的规则:划出五十米范围为拔笋赛区,三十分钟内看谁拔笋拔得多拔得快,以拔笋数量为准。赛区的竹笋还涂有红色标记,意思这根笋不能拔,预留为今后的母竹,拔了就是犯规。这是金贵设计的,有意识加深拔笋蓄竹的概念和约束。

七哥主持比赛仪式，不知他从哪里弄来一支可以打信号弹的手枪，把枪托握着，站在一道不高不低的竹埂上，眼看比赛时辰到了，他面对大众说："别吵了，比赛马上进行，请金贵社长发布比赛令。"金贵疾步走上竹埂，又环顾四周一眼并高声宣布说："扯笋比赛现在开始。"随着他那洪亮的声音落地，七哥把枪口朝天一举，信号弹"嗖"的一声冲向天空，忽闪着绿光在空中画出一道弧线。九爷在旁看着他手机上的秒表走动，他掌握比赛时间。随着信号弹的升起，八位比赛选手，像战场上正在等待冲锋的战土，跃身冲出战壕。对号进入拔笋赛区，弯腰拔笋不停，拔满手的笋子，又往身后的背篼丢放。围观人们急促高声击掌呼叫："青龙寨加油。"堂嫂带着几十个妇女在旁边呐喊："秀梅加油，新媳妇加油。"蛤蟆寨的人在为本寨的选手拍掌叫喊不停。场上的呐喊声此起彼伏，一个个拔起竹笋直往前冲。秀梅麻利地拔起笋子直往身后的背篼甩，额头上冒着汗。她在脚慌手乱中，眼前的竹笋忽而模糊起来，差点拔了一根标记的笋子；新媳妇动作稍慢，但拔笋动作优美，腰肢一起一落，双手上下生动的拔笋姿势，好像在表演拔笋舞蹈；青龙寨两个姑娘拔得最快，一直冲在前面，背篼很快装满了笋子；拐火了，蛤蟆寨两个少妇选手拔了两根标记笋了。"时间到啰。"九爷高声宣布。说着，他把手机伸向空中，又晃动几下。

　　选手们停下，脸上流着汗，从竹林走出，背起背篼的笋子给评委过秤。七哥和九爷去检查现场。四五个小伙子过秤忙碌一阵儿，经过三十多分钟统计评分，比赛结果出来了。金贵拿起获奖名单照直宣布："青龙寨获得第一名，梭罗寨第二名，龙家寨第三名。蛤蟆寨选手比赛犯规了，扯了两根标记的竹笋。"宣布完毕后,接着金贵又给获奖选手颁发了奖金。颁完奖,他又说:"今后五月五日就是梭罗寨竹海开园之日。每年都要举行……"散场后,秀梅和金贵走在回家的路上,她对金贵说:"我们应该得第一名,应该拿到两千块钱的,新媳妇是个新手,没有扯过笋,可惜堂嫂脚踝扭伤了上不了场。"秀梅只拿到五百块钱的奖金,心里感到不服。金贵说:"明年还要举行,有的是机会。"

　　冬伐的竹子出售刚结束。一场大雪突如其来,漫天雪花飘落将其留下的母竹覆盖。大片竹林被大雪压弯了腰,喘不过气。有的竹身脆弱被压折腰破裂发出啪啪的声响。这场雪太大了,雪灾降临。早上,金贵起床,堂屋大门一开,风卷着大大小小的雪花扑进来。他站在阶檐望着阴沉低垂的天空,雪花还在纷飞。转眼看见屋前那棵老李树枝条被压断了,几棵篁竹也被雪压得抬不起头。他急忙走到寨中叫喊:"竹子被雪压断了,上山榜(抖)雪啰。"金贵急促地叫喊声响起,山寨男男女女拿着竹竿从屋里走出,七哥脚上穿着一双高筒靴,拿起一根大黄竹竿走在前面。金贵带着社员们踩着齐腿肚深的厚雪来到坝子,有的上月亮山。在竹林中,用竹杆拍打着覆盖在竹林上的雪块,又双手摇动竹身让其落下,只听到四周传来雪块沉实落地发出哗啦啦的响声。白天竹林刚挺腰,晚上又被雪花覆盖压住。金贵和社员们抗雪灾三天。在拍打雪块时,从竹林中赶出一只只肥硕的野兔,被上山的几只猎狗发现目标,立即发出犬吠声,猎狗一天撵得十多只野兔衔回家。这场雪最后持续了五天,社员们从坝子或是从山上回寨,脸被寒风吹打得发红发亮,浓重的睫毛和眉毛上结满了雪花,一个个都变成了雪人。放晴后,社员上山砍伐被雪凌压破裂开的竹子。这场雪灾使原蓄意留下的母竹多少受到损失。

一场冬雪过后，一天，金贵的办公室坐着十多个中年男人。他们都是蛤蟆寨的贫困户，原来他们种下几百亩黄竹没有钱投入抚育了，大家把那依赖的目光又投在金贵的身上。

"金贵社长，我们没有钱投肥，只好放敞了。"一个高瘦的社员说。他是蛤蟆寨的组长，因为他爱管闲事，人们习惯叫他龙理事。金贵面对他们消极等望的态度，心里很不愉快。社员七嘴八舌叫嚷："政府扶贫就要扶到底……我们已经加入你金贵的合作社了……"言下之意要金贵帮想办法。七哥在旁听得不耐烦了，他说："你们简直在说瘫话，当年我们梭罗寨种竹，有谁送我们款子，都是从自己口袋掏钱干成的。今天政府帮你们讨得婆娘了，还要保证生崽。天下哪有这样的好事。"七哥接着说，"你们不要认为入社了，遇到指甲壳大点的事就指望着金贵社长，他又不是神仙。"七哥当面对龙理事数落不停。龙理事坐在椅子上耷拉着脑袋装憨，厚着脸，任凭七哥嘴巴乱煽。金贵不吭声，他认为此事非同小可。第二天早上，他开着车带着他们去找祝乡长想想办法。

祝乡长给蛤蟆寨解决抚育贷款的事儿，她把石行长叫到她办公室。金贵和龙理事他们规矩地坐在旁边听着。"蛤蟆寨的黄竹基地建起来了，目前正缺抚育的资金，请石行长给解决贷款帮一把。"还说出当前脱贫攻坚的重要意义。石行长不吭声，他肥胖的身体坐在右侧一把带靠背的小藤椅上，椅子显得拥挤。他抽着烟，两眼望着墙壁上挂着一幅遒劲有力的正楷体的毛笔大字。祝乡长所说的重大意义不止一次地被反复强调，但在石行长脸上始终难掀波澜，一直推辞说，目前没有贷款指标。其实这是个托词。这场面他见多了，他回想起过去犯的错，教训深刻。他在理性认识中，今天不可以重蹈覆辙。祝乡长协调了大半天，他一直没有松口。祝乡长感到无奈，又不能硬压他必须贷款，协调贷款最终没有结果。手机响了，石行长看了一眼，说他有事先回单位去处理事务。石行长走后，祝乡长最后还是那句老话："政府已经给你们上百万的产业扶贫资金了，不要遇到点事就两眼望上。"她叫龙理事他们想想办法解决。又转脸相视金贵，叫金贵社长给他们想个法子。金贵很理解祝乡长的难处，一百多万元扶贫种竹资金，主要用于购买竹苗和基肥。种好竹，没有钱了，两年后的抚育管理，她叫社员各负其责。在发动种竹的时候，事先已向社员作过交代。

  金贵开着车把大家带回，又同他们来到蛤蟆寨种竹基地。金贵站在山头上，一阵寒风吹来，放眼望去，大片竹林荒芜，杂草丛生，竹苗夹在杂草丛中挣扎，挣扎得黄皮寡瘦，毫无生机。不远处，有六七个中年男人没有放弃，正在割草管理自己种下的竹子，他们把割下的茅草堆积在路边燃烧，一股浓烟直冲天空的冷云。金贵神色凝重，心想着，若再不投肥管理，种下这几百亩竹林等于白干了。什么输入梭罗寨模式，等着别人看他的笑话吧。想着这事的后果，望见荒芜的竹林心痛。于是他果断地对龙理事说，买肥料的钱我给你们解决，但你们必须保证一个月要把草除完，肥料上完。其实，龙理事他们只等待金贵开这个口了，龙理事对贵金说："只要肥料上山，一个月内保证干完除草施肥活。"后来，金贵从合作社账上拿出六十多万元，借给蛤蟆寨的贫困户作两年的抚育费。

  谁知，这天把钱借出，七哥很不高兴，憋着一肚子火，他抱怨地对金贵说，不该叫他们入社，现在变成我们的负担，今后一旦遇上屁大点事，他们就会往合作社身上搁担子。他还说应该叫他们去找政府。金贵心平气和地给七哥解释，既然人家入了社，就是合作社的社员了，他们有困难就应该帮一把。借出的钱收得回来的，投产后的竹款可以从他们的销售款中扣回……七哥还是不理解。他说这样发善心下去，迟早要搞垮合作社的。金贵执意不给七哥过多解释。这个龙理事还算诚实可靠，当金贵把肥料运上山时，他立即组织蛤蟆寨的社员上山除草施肥，金贵在山上督战了半个多月。

"金贵哥，朱总的竹款还没有回到账上。"七哥焦急地说。金贵刚从蛤蟆寨督工回来，屁股还没有坐热，七哥向他报告这不好的消息。他一听，心里陡然紧张起来。

正当金贵帮助下游三个贫困村寨刚刚把黄竹基地建立起来，这年黄竹市场突然垮价了，市场瞬息万变。秋末宜春公司收购的竹子，金贵随行就市销售而出，但朱总所余下大笔资金还没有回到账上。金贵着急，每隔几天就打电话催账。朱总对金贵催账感到不耐烦了，她说自家的货款也被拖欠回不到账，她没办法打款。眼看快过年了，每天都有社员到金贵办公室要账。两年前，青龙寨先加入合作社种竹的社员，隔三岔五跑了几趟拿不到钱，有的在办公室开始骂娘了。

金贵心急如焚，急得像热锅上的蚂蚁。轮到自己遇上硬茬的事了，好像火星子落到脚背上，谁来搭救他呢？此时，金贵只有硬着头皮找石行长救火了。他连夜赶写贷款申请，在桌上写着贷款报告，心脏一直在剧烈跳动，生怕石行长不买账，不肯贷款。一大清早，金贵开车去了镇上，在办公室找到石行长。金贵什么话都不说，火急火燎的，直接把一张申请报告递到石行长手里。石行长坐在椅子上,摘下眼镜仔细看着,稍停片刻,他抬眼向着金贵问道:"真需要贷这么多款应急吗?"金贵说:"不能少于三百万元,否则年都过不成。"石行长皱起眉头,贷款数额大了,他脸上随即浮现为难的表情,他说:"现在没有贷款指标了,过几天答复你。"

　　复杂的矛盾突兀而来。这几天发生很多不愉快的事儿,青龙寨三五个社员跑几趟路拿不到竹款,空手而归,冒火了,他们说金贵偏心,一阵乱煸金贵的不是,还添盐加醋的,说梭罗寨的竹款全部付清了,金贵有意不肯支付青龙寨的竹款,蓄意制造矛盾和紧张空气。这天早上,青龙寨又来了七八个不知真相的社员。社员们心态扭曲了,已被扭曲的心态仿佛忘记一切,忘记过去金贵对他们种竹那番好心的带动,好像与生俱来就有那种冲动情绪。一个个气冲冲地闯进办公室,金贵有事出去了,七哥在办公室。闹款的人扮演当年七哥追款的角色,撂出狠话,说不付他们的竹款,今天就到金贵家吃饭。一下变脸,七哥只能解释,说金贵社长正在想办法,叫大家耐心等待。堂嫂是青龙寨的,这次闹款,她两个哥也在其中。闹得最凶的是大哥,长得牛高马大,一脸的凶相。两年前,他种竹挣得二十万元钱,去年他用竹款修起一幢三层楼的新房。十多万竹款没拿到手,心急了,且换了副脸孔,他高声大嚷对七哥质疑道:"妹夫,你们金贵不是人,一点没有公正。我们都是合作社的社员,应该一视同仁。你们梭罗寨的竹款都付清了,为什么不付青龙寨的竹款。"七哥面对亲戚发不起火,他再三解释,说:"老大,你不要听人家乱说,这绝对没有的事,梭罗寨没有谁拿到全款。只怪今年市场不好,货款回笼慢,金贵哥正在想办法,不会少你们的款子。"七哥正在劝说着,金贵走进办公室,他说:"年前保证不少你们一分竹钱。"他洪亮的声音在他背后响起,这个老大哥转身侧目,见金贵一脸庄肃,直腰挺胸地站在前面,目不斜视。他放缓语气说:"金贵社长,这也是没有办法的事。""别说了,你们只抱得崽笑,抱不得崽哭。无非就是等几天嘛。你们还是合作社的社员,做事真有些过头。我金贵做人做事从没有拉稀摆带过。"金贵有些生气地说。闹款的人噎住了,一时无语。堂嫂家大哥不得色,一会儿他带着青龙寨闹款的人索然无味地走出大门。

关键时刻,石行长果然帮了他的大忙,腊月二十,金贵申请的临时贷款得到批复。上午,天空下着细雨,社员们在联社取款的窗口排起长队领钱。窗口两边围满了取竹款的人,金贵放松了绷紧的神经。青龙寨堂嫂家大哥取得了款子,瞬间又换了一副面孔,和颜悦色的,一百八十度大转弯,他拿着银行卡,一个劲地向金贵道歉:"金贵社长,有的话说重了别记心上。"金贵站在旁边瞄了他一眼,说:"你们今天看见了,这钱是合作社贷款垫付的,大家搭伙找点钱都不容易,要有点风雨同舟、有难同当的胸怀,不要遇上点困难就想闹事。"堂嫂家大哥红着脸点头,不吱声了。付清了竹款,又渡过一次难关,剩下就是催款还账,金贵身上暂时放松。已经逐渐做大的竹产业,面对市场的剧烈变化,金贵知道,自己即将面临一场严峻的考验。

金贵正为支付竹款弄得焦头烂额。一辆越野车开到大楼前。临近年边了,祝乡长来到梭罗寨。她从车子里走出来,带着一位年轻的秘书。金贵正在打着电话,一眼瞧见祝乡长,忙走出大门迎接。祝乡长脖子上围着一条浅蓝色的绒毛围巾,睫毛扑闪,走进办公室环顾,一眼看见墙壁上挂有合作社各家各户种竹的面积统计表，左侧贴着一幅梭罗寨竹海风景画，不知道是哪位大师的杰作。七哥忙着泡茶递上，一会儿，他走了出去。祝乡长坐下边喝着茶，边询问竹子的销售状况。金贵一五一十做了汇报，在汇报中，他半字不提借款给蛤蟆寨的事儿。他说今年竹价突然下跌了，生意不好做，货款回不了笼，他们到联社贷款付社员的竹钱。他还说："现在竹子市场竞争非常激烈，两年前为脱贫的事儿，南方贫困地区到处都在发动种竹，如今正是盛产期。特别是井冈山发展得最快，这是今年竹子垮价的主要原因。遇到新问题了，我们正在想办法招商引资对产品加工，仅靠卖毛料的路走不通了。"

"对呀，基地发展起来，关键是加工。招商引资，思想要解放点，要让点利，让投资商有利可图，人家才会跟你合作。"祝乡长说。金贵避开她的视线，垂下头，听着这话好像都是大道理，在招商中，恐怕难找到很好的合作伙伴，金贵心里想着，他强露笑脸。

今天祝乡长来找金贵，她直奔主题说："年后准备在梭罗寨召开一次产业脱贫推进现场会，其他的事就不扯白了，不知你意见如何？"金贵愣神片刻，一听召开现场会的事宜，心里就打鼓。他记得，还在读书期间，那年还是七哥的爹当队长，梭罗寨坝上到处种满了黄麻，曾经召开过现场会。那天他去坝上看热闹，便见麻乡长拿着手提的圆筒扩音喇叭哇哇地介绍经验。结果现场会一散，黄麻垮价了。有的还割着麻秆扛到乡政府闹事。最后寨上的人懒得去刮麻，割下黄麻秆晒干当作柴烧。那时候他懂事了，人们怒烧麻秆的场面，还记忆犹新。祝乡长察言观色，她见金贵神情不对，好像藏着什么心事。她说："金贵社长，有难度吗?"

金贵不禁苦笑两声,淡然地说:"祝乡长,这不是难度的问题。依我之见,现场会没有必要开了。其实农民种竹不需要发动,并不是发动全乡都去种竹,而且种竹规模并不是越大越好。加上目前竹子市场不好销,眼前最当紧的问题是招商。"祝乡长一听,脸色骤变,心里很不高兴,认为金贵处她的坎。她仍然坚持主张,说:"一定的规模还是必需的。县里分给我们乡一万亩种竹扶贫任务,上面拨有竹苗专项资金扶持,我们要做强做大这个竹产业。"

金贵一听,吓一跳,差点叫出声来,一个乡要种上万亩的竹林,金贵心里感到惊恐。如今两个贫困村寨种竹的购肥款都是他借钱拿出,可想而知,种上一万亩竹林是何等规模的概念……金贵忍住了,脸色勉强多云转晴。还是七哥聪明,他倒好茶后,急忙走回家去,叫秀梅和堂嫂张罗中午饭。

一会儿七哥走进办公室,说:"祝乡长,饭已煮熟了,吃好饭再说,反正金贵哥听你的。"她说饭就免了。金贵趁机解脱,说:"祝领导从来没有端过我家的碗,走,到家里吃饭去。"祝乡长盛情难却,不好推辞,委婉地说:"这怕不好吧!"她带着秘书来到金贵家。七哥安排这顿饭很丰盛,土鸡是金贵爹杀的。秀梅和堂嫂围在灶头上转来转去忙忙碌碌地煮着饭,秀梅炒出土鸡蛋、干竹笋炒腊肉、酸汤鱼、恋爱豆腐等,味道鲜美,都用大瓷碗装着,一下摆满了桌子。这一顿饭下来,祝乡长和金贵在堂屋的客厅畅谈许久……

祝乡长回到乡政府,开现场会的事没有落实,搁了下来,一万亩种竹任务怎么交差呢?在金贵家中,金贵向她介绍了梭罗寨的发展过程,并不是一帆风顺。多年来种植的产业一惊一乍,一起一落,今天发展到这个规模,是失败的教训教乖了人。干产业不要盲目跟风,要摸着石头过河,我们农民经不起折腾。金贵这番话时而在她耳畔回响,她突然发现自己与金贵有很大的距离。

第十二章

　　这年市场风云突变,金贵似觉空气完全变了,寒冷了,好像变成被驯服的冷酷空间。他真正感到巨大的压力,竹子恐怕卖不出好的价钱了。一旦市场再垮价下去,竹子销不动,社员就会挖竹骂娘,别说刚种好竹的贫困户,就连梭罗寨培植起来的竹产业都会毁于一旦。这一夜,他又睡不着觉,想着事儿,怎样招商,他心里没有谱。秀梅在床上诓着小竹筒睡觉,金贵两个多月没挨秀梅的身子了,躺在秀梅身边,一挨着秀梅身子,满血复活。秀梅侧身轻抚着小孩的头。小竹筒又号哭了。"要不,等孩子睡觉后,你再过来?"秀梅说。金贵心焦火辣地离开。

　　一会儿秀梅过来了,身子刚刚躺下,小家伙又哭了。金贵说:"别管小东西。"秀梅忙起身:"那怎么行?"说着,她又去哄住孩子。金贵不知不觉入睡,待他醒来,天大亮了。秀梅起床去了菜园,他妈在厨房烧水,孩子呼呼熟睡着。金贵起床了,从后房传来他爹窸窸窣窣的穿衣响动。他拿起挂在床架上的那件黑色短皮衣穿上，连脸也没有洗，就急忙去了合作社办公室。

金贵站在椅子旁边忙打着电话，椅子上搭着他一件黄色的风衣，门角落里放着一双高筒靴，沾满了干泥巴。七哥正在网站上发布消息。停在场坝上的车被几个年轻人开走了，车子驶出坪坝，车尾冒出一股青烟。半个时辰过去，七哥拨弄着电脑，忽然转过身子对金贵，说："有消息了，网上有两个客商回应，说这几天就来梭罗寨洽谈。"此时金贵正与朱总通话，话毕，他缓缓地放下手机对七哥说："宜春的款打过来了，朱总说市场不行了，这是最后一笔生意。"金贵说着，脸色又阴郁起来。倚窗望着外面淡黄色的阳光，冬季的阳光显得格外明媚和珍贵。此时金贵的心情一落千丈。场坝上有两只大公鸡一蹦一跳的，正在较劲格斗，一只大公鸡那肥厚的鸡冠被啄出血了。金贵看得入神，竹市垮价了，他无限地联想：仿佛自己就是那只被斗败的大公鸡。七哥说："怎么办，金贵哥？朱总收购的竹款占到80%以上的销售额，失去这个稳定的大客户，销售会更加糟糕。"七哥说的80%以上销售额，是种竹户七八百万元的收入。金贵转过身子，低声地说："市场难做了。"此时的他，心里又悬了起来，在椅子上左右不安地转悠，接着起身来来回回地走了两个圈儿，又坐下来。他迫不及待地问七哥，你说有两个客商要来考察？七哥说要进寨才算数。金贵倏然站起，两眼呆呆地望着挂在墙上的那幅竹海画，在艺术家笔下的竹海，美丽壮观令人遐思神往；但在现实中的竹海，阴晴不定让人难于预测，竹海也有旋涡。金贵心里想着。从种甜菊成功到失败，到小山村干种树的苦活，六十万元苦力钱打了水漂，种竹产业刚有起步，竹价又跌。金贵一时感到困惑，他真弄不明白，好像每干一件事，老天爷先让你兴奋一阵儿，过后，总要弄点不如意的事折腾你。他想起他上高中读书时就读过清代郑燮《竹石》："咬定青山不放松，立根原在破岩中。千磨万击还坚劲，任尔东西南北风。"这是竹子的精神。作为一个种竹人，就要像竹子那样地坚韧不拔！他在给自己打气鼓劲，同时感知到，一场暴风骤雨马上到来！

金贵抬眼对七哥说："走，把石行长贷款归还了。"他说着走出大门，七哥随后把大门锁上，金贵开车向小镇奔驰而去。好在朱总说话算数，过年三天前及时打回竹款，解了还贷之围，终于了结了心头的大事。

正月十八，这天上午，祝乡长带着一位客商来到梭罗寨与金贵见面。她对金贵交代："思想要解放点，具体的合作业务你们谈，我马上到县里开会。"说完后，她驾着车往县城赶。祝乡长走了，金贵热情接待客人。这个客商是广东人，年龄五十挂六，鼻上架着一副黄色框边的眼镜，倒有点大老板的派头。投资商入寨，金贵当然高兴，求之不得，如今正愁这事儿。在困境中，期盼这客商给他带来投资建厂的希望。祝乡长真把梭罗寨竹业挂在心上。金贵与他聊了几句，摸摸对方的底。客商不多说话，直白询问种竹的规模，他说想到基地看看。金贵说马上去，七哥发动车子了，他问金贵走哪条线。先走青龙寨走廊，再回转坝上看竹海，金贵说。车子驶出寨子，向青龙寨的十里竹海走廊奔去。

车子在竹林中穿行，又转了几道弯。这几天下着大雨，涨水了，梭罗河奔腾卷起层层浪花，河床变得宽阔起来。随着气温的回升，藏在地下的竹鞭即将生出新生命。大片竹海无际，翠色逼人。这位客商下车走进竹林，一抬头，从竹叶尖上跌落几颗晶莹水珠不偏不歪正落进颈脖里，忙收缩脖子几下。又回头问金贵："这竹林怎么长得稀稀拉拉的？"金贵说："竹林砍伐出售了，眼下都是母竹。""有这样的讲究吗？"他说他刚到井冈山考察，那里山上到处都是密密匝匝的竹林。金贵告诉他说："那是野生的，不是人工种植。我们栽培的是新品种，对成竹生长有促有控，种下两年后就可以投产。"金贵又说，"这里土壤肥沃，竹子的产量高，质量好。"他们在竹海转了一会儿，这个客商没有感叹，脸上也没有任何表情，故做一副老成持重的模样，一言不发。回到办公室，金贵事先抛出拟好的方案，他说投资建厂，这对梭罗寨的竹业发展是件好事。为调动社员种竹的积极性，对种竹户要实行定价收购。金贵解释，价格最低按去年竹价收购，以竹子粗细标准验收论价，或以合理的吨价收购也行。建厂土地我方无偿提供，但在用工方面，必须优先解决本地人员的进厂就业。

　　客商听了金贵的简略方案，仍不作任何回应，垂头默默思考，拿起自己带来的茶杯不停地喝着茶，七哥拎着茶壶给客商加水。客商开腔了，他说对竹价收购随行就市，不定收购保护价格，他拖着广东腔的声音不高不低。还提出超越金贵权限范围的另外条件，要求当地银行适当给予解决流动资金的贷款。金贵的底线是收购价的定心丸。

　　如再低于去年的竹价，招商建厂失去意义，金贵心里有本账，通过支付竹款的统计，按去年下跌的竹价，合作社种竹的亩值仍然保持四千元上下，这是最低效益了。

　　形成习惯的社员，种竹二十亩余地，一年低于七八万元的收入，恐怕不干。保底去年收购的价格谈不拢，两人对保底价收购争执半天。无论金贵怎样解释说服，摆出理由，与这个客商始终谈不拢边，他说有风险，一直坚持他的收购方案。金贵不干，不轻易松口，双方争论形成僵局，那客商却反讥金贵说："像你这样精明，谁都不会到你这里投资建厂的。"金贵也不示弱地回答道："若牺牲了种竹户的利益，招这个商也没有任何意义。"金贵死认这个理，结果谈崩了。生意不成仁义在，金贵招待客商吃了中午饭，然后叫七哥开车把他送回县城。客商走后，金贵凭他的直觉，这个客户没有诚意，能从谈吐中看出破绽和纰漏。七哥送客商回来，他对七哥说，这人怎么像个骗子？

招商没谈成功，金贵挨了祝乡长一顿批评，也许这客商回去向她做了汇报，说了金贵的坏话，谁知道那客商对乡长嚼了什么舌头。上午，金贵被通知来到乡政府。金贵一走进办公室，看见祝乡长的脸色不对，向他投来责备的目光，金贵保持沉默。

"费了好大的劲把投资商带到你们梭罗寨，一下被你撵跑了。"祝乡长的话带着埋怨和不满。金贵望着窗外，也不吭声。

祝乡长又说："你怎么这样任性，满脑的小农经济意识，谁来与你合作？都到什么年代了，思想还是这样僵化固执。"任凭怎么批评，金贵隐忍着，仍然不卑不亢。他那厚厚的嘴唇绷成一条刚毅的直线。桌上手机响了，祝乡长接电话。金贵等急了，起身准备离开。她手机还贴在耳际，祝乡长摆着手势示意他不要走。一会儿，她终于放下电话："干不起来的事，就招商让别人干，这才是你大社长的格局。"正准备继续说下去，那位年轻的秘书走到她身边说："麻副县长来了。"金贵趁机对她说："祝乡长，你忙，改日再说。"金贵跨出大门，正遇上三五个县里干部，手里提着包，朝祝乡长办公室走去。

金贵开着车回寨，面对祝乡长厉声对他的批评想不通，耿耿于怀。简直是在剔踏他，心里闷闷不乐的。自己真是小农经济意识，那三千亩竹海干得起来吗？真是的，依照他们招商的套路，只怕好心办成坏事。金贵原本对祝乡长心存几分好感，今天她这番做派，让他心存的信任消失得一干二净。

金贵走进办公室，七哥说："金贵哥，刚才八弟打来电话，他说他明天回寨，有事找你，他说打你手机没接。"七哥一提醒，金贵拿起手机一看，原来他在祝乡长的办公室把手机调成了静音。他拉开抽屉，里面还放着一包香烟，这是那个广东客商给的。金贵不抽烟，他把香烟丢给七哥，七哥毫不客气地打开烟盒取出一支，抽了两口，又吐出烟雾，他说："什么卵名烟，一点劲没有，还没有贵烟磨砂的黄果树好抽。"七哥抽着烟又告诉金贵："龙家寨又来三个年轻人，他们说他们也是贫困户，有一百多亩的荒山，不想出去打工了，想入社种竹，他们刚走。"

金贵说："竹子市场不怎么好销，要求入社种竹暂缓。当前想办法先守住这个摊子。"七哥看会儿电脑，说："有家纸业的公司要货，价格面谈。这算好消息了，我还在跟踪，但招商没有信息。"金贵说："招商，并不是我们想象中那么容易，暂时放弃。"

金贵对朱总还抱着一线希望。他对七哥说，真正销不动竹了，再登门找朱总帮忙。她公司的收购量大，一笔业务要抵好多散户，无非拖点货款，但货款有保证。金贵已做出走最后一步棋的打算。

八弟带着他的妻子和孩子回来了。八弟突然回寨，金贵正在犯愁，心里有个期待，与八弟好几个年头没见面了。八弟从惠州直接开着那辆奥迪车在高速路上跑了八九个小时。他把车停在合作社大楼的场坝上，一眼见到金贵和七哥，三个结拜兄弟相互拥抱在一起。三姑娘生过孩子后，体形变了样，变得丰腴起来。她牵着孩子的手，扬起笑脸。大家走进室内，八弟睃了室内一眼，发出感叹："金贵哥，你行呀！总算把种竹的合作社弄出动静了。"如今八弟，人各有命，已经不是过去时常犯傻的八弟了，也不是当年在山上与他和七哥一起种树的八弟了。他在沿海，经过生意场上摸爬滚打，历经风雨，见过世面，变得老练多了。他开门见山地说："金贵哥，我看七哥在网上发的消息。那干加工竹的活，我没有那么多资金能耐。这次回来，我帮不上你什么忙，不过，前两个月三姑娘的公司弄得一份黄竹干笋出口单子，8月份交货。具体价格由她和你协商。"八弟转换口气又说，"原来她准备去江西的，我说老家种的是黄竹。"金贵明白了，他说："先回家吧，今晚我们陪你一起吃饭。"

八弟带着妻子和孩子回家，他爹妈皆大欢喜。金贵从家里特意拿了一块腊肉到八弟家，九爷扛来一大罐的蜜蜂酒，秀梅和堂嫂又来厨房帮忙。小孩儿在地上玩耍，金贵家的竹筒肥胖，八弟的小女玲珑，七哥家南瓜单瘦，三个小活物的体形贴上标签，各具特色。八弟回来，寨上九爷、瘦狗、六叔等十几个中年男人来到八弟家，又围一桌喝酒，山寨人就喜欢图个热闹。金贵和秀梅吃好饭，男人们在堂屋举杯觥筹交错，吆喝斗酒。天黑了，三姑娘和金贵坐在院坝太阳能灯下说正事。她说干笋价每市斤出价八元左右，先订五百吨的货，若没有这个数量，三百吨也行。金贵默默核算一下，又问付款方式。她说交货时先付60%的首款，余款年底付清，签订供货合同。金贵又问坐在旁边的八弟："所剩支付的余款有问题吗？"八弟说："分两次付款没问题。因为出口的货也不是一次性付清，有个付款期货的缓冲，这是国际惯例。"八弟也说出了"国际惯例"的热词。金贵说等他测算一下。八弟又说："金贵哥，这是个大订单，是个机会，如行，我们共同来做这笔生意。"

金贵带着孩子和秀梅回家了，七哥和八弟又扯起酒。七哥连续喝了两杯蜜蜂酒下肚，眉眼间陡然生出一股豪气，一会儿话就多了起来。"我们三兄弟，你八弟混得最好。要算我命最苦，好在我娶得堂嫂。"七哥说。七哥喝醉了，又说起溪县取款的不堪回忆，一会儿骂起粗话："狗日的矮子所长不是人，不问青红皂白，我俩被他关了一夜。"八弟说："在人家的地盘，无可奈何，遇上那种事只有哭，谁也救不了你。"八弟说着，又举杯，两人喝下半杯的酒。堂嫂抱着南瓜站在旁边，叫他别喝了。七哥不听，堂嫂生气了，嘴里嘀嘀咕咕骂起来，七哥才起身。"好，再见八弟，明天到我家吃饭。"七哥说。堂嫂家住在寨子的东边，他和堂嫂走在路上，路边太阳能灯亮晃晃的。一只灰褐色小猫突然从身边蹿了过去，堂嫂吓了一跳。手机响了，七哥一看是金贵打来的，金贵叫他去他家一趟，有事商量。七哥说他醉酒了，明天再说。

翌日早上，金贵先来到了办公室。七哥来了，他刚跨进大门就向金贵道歉，说："对不起金贵哥，昨晚喝醉了。""没事的，找你商量干竹笋订单的事。"金贵说。

七哥说："干笋出到多少价？"

金贵说："每市斤八块钱，三姑娘说还可以浮动。"七哥又问到付款方式，金贵说，分期付款。晓得稳不稳哦，七哥持着怀疑口气说。

"要签合同嘛，想必八弟不会撒谎。"金贵说。他说昨晚测算了一下，一亩搞三百多斤春干笋没问题。真正能实现，仅竹笋亩值就有两千多元左右。再做点散户的业务。今年的竹子卖不出价，市场疲软，只能以卖竹笋为主。七哥说："真正做得成生意，可以弥补朱总的缺口。不过，交货只付60%的款，少了点。"七哥坦言，他说，一听分期付款，心里又悬起来了。又想起种树打水漂的六十多万元。

正说着，八弟和三姑娘来了，俩人跨进大门，走进室内，一股浓浓的玫瑰香味充满了空气。三姑娘坐在沙发上说："金贵哥，这事想好了吗？"

金贵说："订单的那个数，完全可以保证，价格能否往上浮动点？交货再多付点首款，还有……"没等金贵的话说完，八弟抢着插话："提高交货首款恐怕不行，金贵哥。金额大了，我们垫不起那个钱。"过去的八弟，金贵叫他上，他不敢下，俯首帖耳。可是今天换了身份，各为其主，好像他是首席谈判代表似的。八弟抢先搭话，三姑娘对他鼓起眼睛，说："你慌什么，金贵哥的话没有说完。"八弟伸出的舌头缩回肚里。

"八弟，你只是给你婆娘提包的，你多什么嘴啰。"七哥调侃他说。七哥还是那张臭嘴。这话有些剔踏八弟，让他不得色。八弟白他一眼，有些不快。三姑娘说："只要供货有保证，价嘛……"她说着，昂起头沉默片刻。最后说再增加一角钱，这等于增加十万元。

"货款支付的问题，既然金贵哥开了口，应该有所表示。"她说，"只能增加5%了，实在不能再延伸了。我们做外贸的风险很大。"

金贵瞥了七哥一眼说:"你看如何?"七哥说:"你老大拍板。"金贵转脸对八弟又问道:"兄弟,干得吗?"八弟还在抬举他说:"你还是我的老大,实话实说,这不仅干得,而且大有搞头。"三姑娘又说:"若协商好,回去马上把合同寄来,或再回来签订正式合同。你们工作可以先做起来,为交货争取时间。干笋加工晒干简单,八弟会教你们的。"说完正事,他们开车去了坝上的竹海。这顿中饭在七哥家吃。

相隔半个月,双方合同在梭罗寨正式签订。八弟转换角色,受委托签下八百多万元的干笋合同。他嘴角溢开了笑容,心里愉悦,好像得到一份满意的答案。八弟学精了,他兴奋于掌握价格的空间;金贵始终高兴不起来,好像当年签订种树合同那样,脸上只有严肃。他认为这还是镜子里的东西,总感觉到好事来得快了,心里反而不踏实。

签订了干笋合同后,果然有两个外商先后到梭罗寨找金贵谈竹业加工项目,金贵做事老练,变得成熟起来了,每次招商谈判时,他把祝乡长叫上一起参加。在谈判桌上,这些所谓的客商,一个个都是人精,除了在收购上压低价格谈不拢之外,还要祝乡长减税或免税,甚至要提供无息贷款。祝乡长从来没有遇见过这些老油条的客商,他们提出的条件,都超过她的权限。思想再有解放的力度,她都感到无能为力,也感受到招商的难度。其实这些所谓的投资商都在想套上面扶贫的钱。

第十三章

二八月的天，差人的脸，天色说变就变。早上，太阳洒下几缕懒散的阳光，忽然天边飘来几团黑云。大地起风了，黄豆大的雨点从天而降，狂风声和暴雨声交织在一起。暴雨垂直地向屋上倾泻，猛烈地敲打着屋顶，发出噼里啪啦的响声。楼上办公室里正在开社员大会，落实签订干笋出口合同的事儿。金贵说着话，打雷声仿佛压住他的声音。稍停片刻，金贵转脸望着窗外，雨越下越大，风雨肆意一阵儿，渐渐变小了，渐渐远去。他回过身子又说："竹笋卖这个价嘛，不算高，关键图个大批量销售。"他把市场分析一番，最后说："今年竹子市场难做，只有走卖竹笋这条路了。"

金贵放下话题，人们议论纷纷，心里在盘算卖竹笋能拿到多少收入。晚种两年黄竹的社员，一听竹子垮价，顿时感到心灰意冷。有的人说，正干得起劲又卖不起价了。众人七嘴八舌异常热烈,有的说到竹笋后期支付的款子会不会变卦。面对大家的提问,金贵拍着胸膛向大家做出保证。

七哥惯常扮演他的角色,按照金贵的意思,他把合同的数目逐一分解到种植户的面积表上。他拿着一沓白纸的表册,上下走动,及时发到大家的手中,叫每人签上名,要让这张白纸变庄严起来。接着,他大声武气地念起各种植户应交干笋的数目。堂嫂家的大哥坐在墙角,他瞄了一眼表说:"金贵社长,我们可以多交点吗?"他这么一说,九爷、瘦狗等十多个男人倏地站起,他们说也要多交些干笋。多交货等于增加收入多收钱,引起大家的竞争。金贵缓缓口气说:"不要争,按表上的任务交货。但大家要明白,竹林只能产这个数,不可能把春笋全部拔光。"他还说到拔笋、剥笋以及加工的劳作强度大,每亩只能交三百多斤的货。他的意思说,只能按计划,不能多交。七哥接着话,他宣布交货的时间,只有提前不能拖后。散会,他说。大家憨声憨气的,从合作社的楼房走出来。大雨停下,太阳从云层里钻出,阳光照射在湿漉漉的竹叶上,从叶面上滑落的晶莹雨珠发出耀眼的亮光。

拔春笋时节临近,八弟从惠州匆忙赶回。他心里揣着另一本账,价差空间是他最大的兴奋点。在临回老家时,三姑娘又叮嘱:"一定把好质量关,这是出口的竹笋,不能开国际玩笑。特别是水分含量和嫩度。"八弟还弄了一把干笋的标样带回来。他与金贵协商,合作社的一楼作为临时收购场地。八弟做事周全,为使竹笋干度达到标准,特意从浙江买了一台20型的烘干机,又在场坝上,用水泥砖砌起两间临时的烘烤房,对收购的干笋进行复烤。收购的资金已打到银行的账上。同是梭罗寨的兄弟,各为其主,又搭伙一起干事。八弟摇身一变,俨然一副老大的派头,一切由他说了算,金贵和七哥反而变成他的助手。

每天他们开车下到青龙寨、龙家寨督工。别看这一张薄薄的白纸,充满无限的诱力,调动了梭罗河沿岸的梭罗寨和青龙寨几百人上山在竹林里扯笋。人头攒动,到处传来噗噗啪啪扯笋的响声。山上的布谷鸟清脆啼鸣歌唱,凑着热闹;竹埂上铺满了紫英花,从叶腋伸出圆形的花蕾,次第绽开红夹白的花朵。但是,众人上山拔笋的野趣才是今年春天的主题,这里已变成了"竹笋"的世界。

春笋的季节性强。在此期间,每家的堂屋或是院坝到处堆满了竹笋。夜晚,屋檐下围着一家大小剥竹壳的身影,连七八岁的娃儿都派上了用场。剥笋时,先从笋尾撕开一道裂缝,用手指圈着,然后用手指顺势打几个滚就把笋壳剥下来了。再用菜刀破开笋腰,放到灶锅的沸水杀青脱涩,有的人家干脆就在院坝上架起大锅烧水杀青。然后将竹笋摊放在竹席上晾干,或是放在太阳光下暴晒。每个寨子,屋前屋后的院坝,晒席铺满了灰褐色的干笋,连后山上几大块青石板上都晒满了干笋子。

6月交货了。收购工作量大,每天交货的社员排成长龙。收货最多的一天,竟收到三万多斤。大多数都是用农用车和过去半旧快报废的手扶拖拉机送货,有的来回要跑上两趟。

八弟验货,金贵过秤,七哥开票,待收购完一次性付款。八弟验货认真,难免为干笋水分含量与交货的社员发生口角。在钞票面前谁都没有姿态。在争执中,金贵给予排解,心平心和地说服大家,维持正常的验货秩序。所以,凡是水分超标的干笋,八弟毫不含糊拿到烘干机上再烘,烘好再拿回来过秤。一天总会遇上三五个难缠的社员，有时候真像当年在粮站交粮纠葛的重演。金贵那个满娘规矩多了，但八弟依然不依不饶，她晒干的笋达标，一次给她验了六百多斤的干货。当从七哥那儿拿到一张纸票，她很不高兴地问金贵："就送一张白条子，好久才能拿到钱？"金贵说："把票收好，不会少你的。"

恰逢遇上半个月的晴天，炽热的阳光照射有利于竹笋干燥。一进入夏天雨季，空气变得潮湿起来。于是当天收完的货，需及时再次复烤，然后装袋上车发货。合作社大楼前，每天农用车、双排坐的小货车，以及装货的长途运输车，来来往往，繁忙不已。金贵叫上九爷，由他带着十多个壮年人进烤房，一天赤膊干着复烤、上车搬运的活，每人灰头土脸，全身沾满了灰尘。有时，晚上加班加点，还要装车发货，劳务费由八弟支付。

金贵和七哥忙碌合作社的事务，拔笋的活都落到秀梅和堂嫂的身上。小竹筒转眼长大了，整天跟随着妈妈到竹林扯笋。小家伙嘴里嘬着糖和沾满糖汁的手指头，皱起眉头看着妈妈在干拔竹笋活，童心的好奇，忙跑上前去，双手也拔着一根大竹笋。开始像小孩拔萝卜似的，浑身使力，发出"唉唉"两声却拔不动。秀梅在旁边看着好笑，她走上去帮忙，"啪"的一声，一下把那根硕大的竹笋拔在手中。小家伙高兴了，拿起竹笋往肩上扛，跟跟跄跄一高一低的，跟着他妈妈背着竹笋回家。寨上每家都有自己的竹林，拔笋的劳力非常紧张，谁也帮不了谁的忙。这天吃了晚饭，突然停电，干不了复烤竹笋的活，八爷带着干烘烤活的十几个男人去坝上帮金贵家拔笋。瘦狗开着农用车，大家在竹林里噼里啪啦扯个不停，一袋烟工夫拔满了车。

堂嫂的大哥，这两年种竹尝到甜头，主动带着青龙寨七八个男人先帮七哥家干拔笋的活,拖回的竹笋堆满了七哥家的堂屋、柴房。七哥白天忙事,晚上加班剥笋壳,直干到凌晨,有时又杀青晒笋,忙得不亦乐乎。金贵也是如此,晚上他和他爹妈一起剥笋,小家伙围在身边打闹。秀梅剥笋手都剥肿了,端碗吃饭都感到乏力。

八弟的合同终于完成了。经过一个多月的忙碌,种竹的社员,每户拿到65%的竹笋款。随着销售额的逐年提高,合作社的基金已积累到两百万元的家底。金贵想动用十万元的资金,修缮办公室。想着,他最后放弃了,等到年底八弟打回款再说。这次干笋出口交易,社员最高拿到六万多元钱,少的也拿到四万元上下。八弟支付的六百多万元的首款,像一股现金流量悄声无息地流入了社员的银行卡中,八弟为合作社立了大功。

八弟要回惠州了,那天中午,金贵在办公室,对八弟很认真地说:"年底的余款就看你的了。不能有任何的闪失哦!"八弟拍着胸膛说:"金贵哥放心,我还是梭罗寨的人。"

10月秋末初冬,七哥跟踪的那家纸业公司有了明确的回复。他把消息告诉了金贵。半个月后,这天早上,一辆红色的宝马车开到场坝停下,从车上走下两个穿着棕黄色夹克上衣的中年人,拎着黄色的公文包。走进办公室,一见面,他们说是新锦纸业公司的,金贵忙给泡茶递烟,直截了当问他们需要多少货,出什么价格。那个圆脸的客人说:"我们先看货。"他问金贵货放在什么地方,金贵说:"货还在山上。"

客人感到纳闷。"怎么没货?"他疑惑地问道。原来他们认为,今天看见的一定是竹堆如山的现场。金贵立即解释,叫他们先上山看竹,满意了再谈价格。客人感到好奇,他说从来没见过这样的销售方式。金贵又叫七哥启动车，他坐在前面，七哥驾车带着客人朝着坝上的竹海驶去。

虽然竹林里拔了大批的春笋，但是对大片新竹没有影响。到了坝上，客人下车走进竹林，心里感到震撼。他们有经验，识货，毫不掩饰地对金贵说，这时节的新竹纤维素含量高，木质素低。竹浆造纸质量好，只怕价谈不拢。他们发现这里种植的是新品种黄竹，不是野生竹。他们正需要这新竹的货源。

回到办公室谈价格，客人说货没问题，数量考虑到四百吨上下，他们要金贵先说价。金贵推辞，叫他们先说，然后客人抛出每吨不超过一千元的价。金贵说低了，他说，不然按竹的胸径粗细为标准，每棵以两块五角钱计价。七哥补充说，去年卖到江西都这个价。对方说价高了，不敢接受。客人磨磨叽叽说了半天竹价，几轮谈价，最终谈成以吨计价，双方都谈成可以接受的价格成交。金贵心里明白，这竹价合适。做成生意后，对方说他们看上的是品种和合适时节出售的竹，才敢开出高价。一般一吨竹几百元，市场到处有货。

合作社又做成一笔六十多万元的生意，加上往年散户的业务。这年市场疲软，好在得到三姑娘的帮助化险为夷，金贵合作社销售额与去年持平。只等待她两百万的余款打回。

第十四章

两个多月没下过一场透雨了，温度偏低，空气中弥漫着一股寒冷的气味。梭罗河的奔流变瘦变小，下游河床裸露着。金贵在办公室里，正在整理一份对竹林冬季施肥的文章，这是他多年种竹实践的总结。进入冬季，梭罗寨的社员们没有空闲，又用车子拖着肥料到坝上的竹林施冬肥。

竹类栽培学的研究，金贵查过资料，在中国竹类史上没有详细的记载，一般都是野生粗放的，放任自生自息。他对竹子栽培管理反其道而行之，以多出笋为效益，像种庄稼一样精细耕作，一年分两次施肥，即施春肥和冬肥，还要防治虫害。手机响了，他拿起一看，是个陌生的电话号码，不接。金贵忽然想起三姑娘货款的事。"她会出事吗，款子一直还没见打回。"他担忧。

七哥正在做账，明天拿去与合作社聘请的会计师对账审核。他停下手中的活，合上账本。"金贵哥，你打电话催了吗？"他说。"我给八弟通两次话了,八弟在电话里说,会把款打回的,叫我不要急。话是说得斩钉截铁的,但在账上始终看不见汇款的影子。可是,这两天打他的电话没人接了。"金贵说。

"能不急吗?腊月十二了,过两天,社员要来问账了。他不把款子打回,金贵哥,今年我俩的年都过不成。"七哥又说,"八弟和三姑娘真的耍横,怎么办?"金贵说:"严重了,小两口不至于发展到耍痞的地步。我了解八弟,也许真遇到麻烦的事了。"原本七哥对那付款方式就持有疑惑,货款不能及时汇回仿佛验证了他的疑惑。他骂着八弟:"真好意思,整天还说什么国际惯例,做事一点不扎实。想不到是个水货。"七哥平时有点剔踏八弟,八弟有时也要当众揭他的短处。两人相互调侃逗乐,事后又是兄弟。

"我们的账上还有多少资金?"金贵问道。

"借给蛤蟆寨后,不足两百万元了,金贵哥要动款吗?"七哥迟疑地问。

"还少点余数,我有个想法,先把你我两家的存款全部拿出,再找九爷和六叔、瘦狗家借钱,加上合作社的基金,一起凑齐那个数。"七哥明白金贵的意思,先给八弟垫款。一时难为情地说:"拿钱你堂嫂恐怕……""堂嫂的工作我来。"金贵接嘴说。"不然再找一次石行长。"七哥说。"人家已经帮过一次大忙了,真不好意思再去登门。摊子大了七哥,一到年边,总有些货款的麻烦事缠人,耐烦点儿。"金贵说。

七哥不吭声,又忙着做账。果然,两天后,青龙寨三五个社员到合作社问起干笋的余款。七哥面露不安,接着,他对大家说:"少不了你们的。今后不用再跑腿了,款到了,我们会通知。"他们坐在沙发上抽着烟不走了,与七哥聊天,半句不离货款的话题。聊了半个时辰,直到七哥拿出他特备的苞谷烧让大家喝了几挡,脸红了,然后悠悠地哼唧几句苗歌小调离开。

下午,七哥依照金贵的方案到寨上筹款借钱,但办得很不顺当。除九爷撇脱当场把银行卡交给他之外,其他两户都有托词。当他走到瘦狗家,瘦狗满身油渍,正在修理他那辆农用车。一听他说出"借钱"二字,顿时紧锁着眉头。他说:"七哥,银行里是有十几万存款,但我最近要买台大挖机做工程。"他又到六叔家,六叔也变了,说到借钱的事,没有过去慷慨爽快了,支支吾吾,说他的大儿子马上结婚,女方硬派彩礼十多万元钱。七哥弄不明白,他们存上那几个钱,就像蛇进洞扯不出来了。今天合作社暂时遇到困难,却没有几个人挺身站出。七哥借钱遇到坎,他要骂娘了。

在他眼里,不肯借钱的,就是对合作社的忘恩负义。他站在路上,面朝瘦狗家的房门大骂起来:"你们手里捏着几个钱不得卵了,翘尾巴,变得那么卵夹壳……"七哥眼里掺不得半粒沙子。骂完后,他走在通往寨口的大道上,坐在那棵大枫树下抽着一支香烟,悠然地吐着烟雾。这棵古枫树经历过无数朝代了,它是梭罗寨的母亲树,遒劲挺拔,浓荫匝地,树杈上还悬挂着一个圆形的鸟巢。忽而刮起一阵西北风,从树上落下的几片枫叶在空气中轻飘飘地飞下,落在旁边的草地上。他抬头朝前方大路瞪了一眼,忽见八弟的爹东张西望地从正面寨口走回来,手里提着一只大公鸡。七哥起身相迎上去。七哥清醒,在老人面前不提八弟的事,给老人递上一支香烟,老人不接,说抽这纸烟过不了瘾。老人并不知底细,在七哥面前还在炫耀八弟,且有意地问七哥:

"不晓得八弟出国回来没？"又问道，"你们经常联系吗？"七哥心里暗暗发笑，老人说谎话了，他没听谁说过八弟出过国。只能默默点头，老人的心目中，八弟给长脸了，是寨上有出息的娃。八弟的爹又告诉七哥，说这只大公鸡，是青龙寨的人送给他的，他帮那家人的娃崽看结婚日子。老人絮絮叨叨的，心情不错。七哥听不进耳，看见他这副光景，推辞说马上回合作社有事。然后一个转身离开，朝着寨口的合作社走去。

低垂多日的天空，天边放亮了，堆积的云层有些松动，一团团乌云向天际翻滚地奔去。金贵从镇上匆匆忙忙赶回，一脚跨进大门。七哥刚从寨子回来片刻，他正在电脑里搜索商品的信息，一见金贵，正要说起借钱不顺当的事。金贵说："不用借钱了，三姑娘打回一百五十万了。"说着他将黑色提包往桌上一搁。货款及时汇回，解了燃眉之急，坐在木椅上的金贵，好像挑着一副沉重的担子刚落肩放下似的，深深地喘了两口粗气。七哥面无表情，他嫌汇少了，却骂起八弟："办事拖泥带水的，又留尾巴。"脸上还残留着情绪。

其实，三姑娘做起这笔大额的出口业务很不顺利。原来三姑娘她爸有个老乡在深圳一家外贸出口公司任副总经理，她很多出口跑单的业务都是这个副总帮忙。这笔干笋的生意也是他送给三姑娘做的。货到验收付款60%资金，几百万资金很快到了账上，她赶快拿资金去还贷。还剩下40%余款，遇上麻烦了，一直拖了四个多月没有着落。这个国际惯例也复杂，三姑娘不知跑了多少趟路找到那位副总，他说没有办法。只有耐心等待，马上到年关，三姑娘着急了，她也无奈，每天就到那个副总的办公室坐守，才弄得汇给金贵的这个数目。八弟不露面了，那天陌生电话是三姑娘打给金贵的。

当她把这笔款子汇给金贵时,马上打电话给金贵道歉,一求谅解,年后再付清余款。金贵理解她的难处。金贵经过这几年的磨砺,深刻体会不是农民不肯种地,而是种出的东西卖不出去,一旦东西卖了出去,又担心拿不回钱。如今的市场经济就是这样。与客户打交道,不是每笔业务都是现款现货。赊款赊货也是常事,不可避免,大家都担着风险。腊月十八,七哥在合作社的大门上张贴一张取干笋款的告示,十几个社员围观并默默地念着。忽然,一阵狂风大作,瞬间将那张白纸扫落,落在地上连打几个滚,一会儿不见影子了。

年前,金贵的合作社没有向社员打白条子,终于付清了干笋款,没有社员上门为取款子的吵吵闹闹,这个年总算过得平平静静。过年后,立春节气临近,严寒的时节漫长,真正温暖的春天远远没有到来。气温依然很低,大暖天还早得很。

正月初八,金贵坐不住了,年味对他来说已失去了那份沉浸和陶醉,一切显得平平淡淡。下午,他和秀梅带着小竹筒,在竹林地补施冬肥,金贵已叫瘦狗先把肥料拖到竹林里。

金贵给一家复合肥厂家提供配方生产肥料,每年合作社的三千多亩竹海都施上这种肥料,从而起到促根壮苞多出笋的作用。土层里竹鞭遍布,为免竹鞭的损伤,他创造了一种叫窝穴施肥法:棵间相隔一米以上的距离挖浅窝,窝施下二至三斤的肥料,肥泥搅拌,然后进行覆土,肥效十分明显。

金贵和秀梅正在挖窝,金贵转过身对秀梅说:"别伤着竹根。"秀梅刨开疏松的土层,只见到地里的竹鞭正在萌动壮硕的芽苞。她选择竹根隙间浅挖,小心翼翼的。金贵正干得起劲,坝上走来十多个青壮年，九爷走在前面，他们肩上扛着锄头来帮金贵干活。眼看金贵挑着合作社的重担，事务繁忙，顾不上竹林的活，有时社员们都主动到他家地里干活帮忙。

"金贵哥，你怎么不吆喝一声。"九爷说。

"家里的活不能总让你们帮干，自己担着。"金贵说。小竹筒懂事了，不怕冷，小家伙用双手抓起肥料直往窝里放，把弄肥当作一种乐趣，一会儿双手刨土找蛐蛐儿，弄得满手是泥土，浑身灰扑扑的。

九爷的竹肥年前就上完了。他带来的十多个青壮年，他们跟随金贵在溪县种树干过苦活，经受过磨炼，自种起黄竹后，年轻人都不出去打工了，在家管理竹林。有时人手不够，还请临时工帮忙。走进竹林，先刨开一层竹壳，拿起锄头，挽起衣袖呼呼地干起来。金贵又交代："轻点下锄，地里到处都是竹笋的芽苞。"又去做示范，他说这冬肥上晚了，只能放宽棵与棵的距离，宽窝里多放些肥，实行浅窝撒施了。大家干会儿活，金贵叫秀梅带着竹筒先回去煮饭，今晚要和弟兄们多喝几杯酒。九爷干着活，他是个有乐趣的人。没有话题扯淡了，他当着众人的面还夸起八弟，说梭罗寨应该多出几个像八弟这样的狠角色，梭罗寨的竹子就不愁销路了。他却不知道八弟背后的故事。在他心目中，八弟是个很有钱的大老板。因为在签竹笋合同上，一口气签了八九百万元金额。有个小伙子不服气地说："八弟算不了角色，是他的婆娘厉害。老子们就找不到这样的婆娘。"

"你们说错了，是他那个老丈人厉害，他老丈人在杭州和深圳都有公司，资产上亿。他有个舅子在加拿大还开有大公司。"金贵说。

大家边干活边热谈八弟的话题。九爷冷不丁问金贵，听说摆平喜欢八弟的少妇的钱是你出的。金贵一愣。怎么你也晓得这个新闻，金贵说。怎么不晓得，你们一回寨，那些年轻人就传得沸沸扬扬的。那年种树差点多带一个人回来了，九爷说。事情都过去好多年了，估计他脱身后就忘了，那小钱我不好意思问啰，金贵说。有的嫉妒八弟，说他有女人福，走到哪里都有女人巴盘。

　　冬末春初，大片竹林青翠欲滴，似觉春天的盎然。小伙子们干着活，身上发热起来，有的小伙子脱下外衣。把白衬衫的袖子卷起，挽在胳膊肘上，一边挖窝一边施肥，一眨眼工夫又干完一丘竹林。大家干活紧张，摆谈龙门阵话题戛然停下。一阵狂风刮起，竹林被吹得摇晃发出飒飒的响声。半个时辰过去，上肥的活很快干完。七哥从坝上匆匆忙忙走来，边走边大声叫喊金贵。九爷看见七哥，心里在骂着："这个崽会躲奸，活都要干完了，你来踩蛇尾巴。"七哥疾步走进竹林，脸色好看，九爷把锄头递在他面前说："你迟到，先动两锄练下身子。"七哥不理睬，他提高嗓门说："你九爷别捉弄我，我说出的话比你动两锄管用得多。"他转眼望着金贵，兴致勃勃地说："金贵哥，好事来了。""什么好事来了。"金贵问道。"纸业公司在网上回话了，说今年需要五千吨当年出笋的嫩竹，10月份交货，不要老竹，现款提货。"金贵听见这消息，心里一喜，他迫不及待问价格，七哥说按去年的价不变。金贵明白，在竹价疲软的当下，五千吨的销量等于扛了销售大头。纸业公司突然宣布需要这么大的货源，且10月底交货，这时节栽培竹体内含纤维素最高，因为栽培的竹都施上含氮素的复合肥料，从而促进竹体纤维素含量丰富。过去销售的竹，竹料坚实用于竹料加工，所以要到冬天竹子木质化后或翌年砍竹出售。金贵望着竹林愣了愣，一种沉默的激奋心生暗起，他创新的这套黄竹栽培法终于有了回报。一股兴奋的力量在鼓舞着他。大家在干活中，听着七哥和金贵说事，心里明白，竹子销路有金贵他们操心。他们只晓得对竹林加强投入管理，其意让自己的竹林多出笋多产竹，等待着卖竹数票子。

　　冬肥的活干完了，十几个人肩上扛着锄头回寨，行走在坝子上。远望天边的厚云渐渐散开了，忽然从云团裂开一道缝隙，太阳从缝隙间斜射出阳光，周边的云彩先变成黄色，一会儿又变成绛红色的峰峦。阳光把一个个的身影留在竹林里。

第十五章

一辆白色的丰田面包车驶进合作社,从车上走下三个男人,其中两人手里提着黑色的包。一个身体略胖的男人走在前面,他走进办公室,一眼看见七哥,直呼其名:"这不是七哥?"七哥没有反应过来,这是谁呢?好熟悉的面孔。他凝视会儿,突然想起来了,哦!这不是小山村那个郑总吗?他还欠着我们的钱。正想找他,他大老远跑来干啥呢?

这个郑总深感惭愧,他的突如其来,让七哥不知所措。七哥皱起眉头,心里在动念头。郑总眼见七哥保持一副大敌如临的僵持姿态,说:"别在意那事了,今天专程给你们送钱来了,你们老大呢?"一听是来送钱,这好事来得太突然。七哥疑惑地问道:"郑总,你真的是给我们送种树的钱?""我都到你们办公室了,还有假吗?"郑总说。七哥一愣,顿时锋芒消失,脸色由阴转晴。他立即给金贵打电话,又忙着给郑总他们倒茶递烟。

　　大清早的，金贵到蛤蟆寨帮调解纠纷，这是跨村域的皮绊，因为他们都是入社的社员，两家人种竹，为争一块巴掌大的地盘吵得挽袖要打架。双方的纠纷，他们不去找寨上的村干部调解，而宁愿找金贵给断个公道。经过金贵一番劝解，两个社员终于达成相互退让的和解。他正站在一道土坎下帮划界线，手机响了，一看，又是七哥的电话。金贵接电话中，七哥说到郑总，他没有反应过来，问那个郑总是干什么的。七哥提高了嗓门，他说是当年小山村种树的那个郑总送钱来了，他们正在办公室里等着。金贵听了感到吃惊，放下手机，这不是做梦吧！太阳从西边出了，打水漂的钱又漂回来了，他给七哥说马上赶回。

　　半个时辰，金贵开车赶回合作社。他跨进办公室，郑总起身站起打量他两眼，他说："你这个老大没有变，还是那样风风火火的。"金贵上前去握住郑总的手，说："郑总，我们已好多年没见面了。""十年了吧。"郑总伸出双手说。金贵正想说几句好听的话。郑总说："走吧，先到银行把你们的钱手续办了吧。"到了银行，郑总用手机将六十万元资金转进合作社的账上，金贵有些激动。他对这个郑总重新认识，这叫作踏破铁鞋无觅处，得来全不费功夫。

　　原来郑总是个实干家，种树的项目泡汤后，他销声匿迹多年，像人间蒸发似的。原来他那个指挥部撤了，他一直在投钱管理三千多亩的杉木林。苦苦坚持了两年，这事真让他干成了。正遇上闽省大力发展林产业出台的好政策，而且扶持的力度很大。机会来了，上面按照政策补偿他一笔可观的种树资金。这资金不仅把多年投资的资金扳回，还有余数，公司还享受林权股份分红。

小山村那种含沙砾岩的土壤，特别适应杉树生长，种下七八年的杉树，树林郁郁葱葱，很快长到像胳膊粗。郑总在山上挖得第一桶金后，随着雄厚资本的积累，立即在溪县注册成立一家集木材、竹类生产加工销售一体化的公司。

郑总的实业日益壮大，良心未泯，记得金贵他们种树的20%余款没有付给。虽然时间已久，但心里仍过意不去，应该支付这笔资金，这是农民的血汗钱。在网络上，他发现金贵的合作社发展种竹产业，而且做得很大，还看见在网上发布招商的讯息。他决定跑一趟，把欠款送上门，顺便考察他们的发展状况，也想在西部寻求发展机会。

金贵带着郑总上坝子看竹海基地，大片的竹林刚施好冬肥，在竹林密厚的遮阴下，竹林没有杂草了，只有一层厚厚的竹壳覆盖着肥料。金贵告诉他，这几大片竹林都是新品种，你看，竹皮是黄颜色，从小山村种树回来开始种植，已经投产八年了。郑总惊叹，他说："见效这么快哦！"望见大片竹林的翠色。相比之下公司种的老楠竹，稀稀拉拉，杂草丛生，管理粗放，种下四五年还没有效益，一亩只收到千元上下，简直不可比肩。他问金贵一亩竹收到多少钱。

"一般亩值四千元钱。"金贵爽朗地回答，"当然还有竹笋的收入，去年做成百万斤干笋出口业务。"金贵这么一说，更让郑总高看一眼，一个小小合作社做到出口的业务。在小山村打交道期间，他一直对金贵心存好感，他心目中的金贵是个有组织以及解决困难能力较强的人。他接种树的价，其实是自己有意压低，金贵不讨价还价，拿起来就干活，而且种上的杉树成活率高。那次省厅专家在山上对新造的杉林评估,给了高度的评价。关键在成活率的评估得到了高分,那高分就是钱。

郑总走在坝上,七哥随后,他有意停下脚步,转身递给七哥一支香烟,主动向七哥道歉,叫他不要计较小山村发生的事。郑总说:"那个是我堂弟,没办法了,叫他临时坐镇挡事,堂弟是个混社会的人。前两年出点事,如今还被关在厦门。"七哥不傻,他说:"没事的郑总,过去我们骂你是骗子,那也不假。但今天你主动登门把我们的汗水钱如数送回,肚子里没有气了,包通气散。我们又是朋友了。"两人边走边谈。他们走到秀梅家那块竹林边停歇片刻,一群山雀从他们头顶上掠飞而过。一个社员肩扛着一捆竹向他们走来。

回到合作社办公室,郑总感兴趣的是种竹栽培法。他对栽培环节问得非常详细。金贵告诉他,说人工种竹就是多出笋,多笋才能多产竹;其次是合作社组织的模式,他说这种模式简单管用,很有生命力。社员做基地,合作社拓市场。实行一体化管理。同时,他又向金贵询问了这里的交通、电价、劳动力的工资、竹价行情等情况。金贵一五一十告诉他,说合作社社员种竹面积三千余亩,乡政府规划在周边的村寨发展种竹一万余亩,如今有的村寨在脱贫攻坚开始种竹了。金贵把种黄竹说得头头是道,郑总出这趟远门,心里感慨,谁也想不到,走进大山深处对一个小山寨的竹业考察,却让他长了见识。他发现这里人工培植的竹资源很有竞争优势。他们又回到办公室谈了一会儿,但他没有说出想法,一直琢磨着。当然,他也看出不利的条件是交通和区位的劣势。临走时,金贵主动向他招商,说你郑总若愿意到梭罗寨投资合作建厂,建厂土地无偿提供,什么条件都好谈。郑总是个老江湖了,他没有当面答应,他叫金贵先做个方案，一是竹子的收购价，二是合作的方式，三是资金筹措和来源，半个月后再联系。郑总临走时，金贵送他一沓黄竹种植栽培资料，都是他自己整理的经验。

三姑娘的余款到账了。款一到账，八弟开始露面了，他马上向金贵打电话报功。合作社垫出的资金得到了回笼。这个开局年，好运来了，挡都挡不住。拖欠的种树款到位，要如数返给种树的社员。晚上，在合作社二楼宽敞的大房间里坐满了人，他们被七哥叫来开会。年轻人抽着香烟，每人手指间夹着的香烟冒出一缕缕烟雾，把室内弄得乌烟瘴气。金贵忙去打开后窗户，让空气流通。九爷没到过小山村种树，他到会参加凑热闹。九爷一到会场，人们都逗他取乐，叫他拿蜂蜜酒出来喝喝，他笑笑说，不多了。八弟爹参加开会。六叔进城去了，是他刚结婚半傻儿子参加，会场上人声乱哄哄的。大家不知开会的内容，心里小猜，反正与种竹事宜相关。

七哥在会上高声宣布，说："莫扯白了，明天大家都到银行去取钱。"众人转头面面相觑，一时摸不到套头，这领什么钱呢？合作社每次开会形成惯例，每次开会都是他打头阵，最后是金贵圆场。

金贵站起来接过话题："大家记得在小山村种树那个郑总吗？昨天他把欠的六十余万元还回来了。"金贵又说，"我核算过了，这钱抽留十万元作为合作社基金，每人补发一万元钱。"金贵这话在会上好似扔了一颗炸弹。大家唏嘘不已，仿佛同时发出一种声音："崽耶，这钱没有甩下河。"七哥又插话重复，他叫大家明天早上一起到银行去划钱。九爷明白这回事，感到不可思议，他说他到外面打工，参加了好多建筑工程，工程没完，包工头拿钱就跑,如今还有个五六万工资钱拿不回。哪有老板亲自送钱上门的事,他说真是遇上好人了。

七哥说:"你九爷也会搅舌头夸人,他是什么好人?为取这笔款,你们不晓得,我和八弟在派出所被他们关一夜,等于坐了一回牢。"金贵劝告七哥,说:"事都圆满了,就别提旧事了。"八弟爹看起慈面善目的,其实是个爱虚荣的老头,一听相离十年间,那种树的钱如数送回,他拖着粗重的腔调,说:"我说过东南有财,财喜跑不了的,当时出事,我就跟金贵说过,别担心,财喜会跑回来的。你看,真跑回来了。这是你们的财运。"在金贵的印象中,他好像没听见老人说过预见的话。事已圆满了,不抵他的黄腔,给老人点愉快,他也信口打哈哈,帮八弟的爹打圆场。"是的,这事被奎伯说准了。"金贵说。一向庄重的金贵,在众人面前此话说出,更加增添了八弟爹在人们心中的神秘色彩。

散会了,金贵回到家里,小竹筒睡觉了,秀梅正在灯下缝补孩子书包裂开的口子。二老都睡觉了。这时金贵才告诉秀梅,说小山村种树的钱,昨天那个郑总送来了。秀梅沉默会儿:"我曾经说过,那个郑总不像骗钱的人。""你也像八弟爹那样,事后诸葛亮,也是算命先生。"金贵调侃秀梅说。秀梅放下针线活,她问金贵每人补多少工钱。"一万元钱。"金贵说。"这个苦活总算没有白干。"秀梅说。深夜了,俩人温情地挽起手上楼,楼顶上有只发情的猫喵喵地叫唤不停。

第十六章

第二天夜晚,月光明亮。窗外无声无息,一股熟悉的香气扑进窗子,这香气带着刺梨花的浓郁芬芳。金贵依照郑总的意思,正伏在桌上写着方案。秀梅瞄一眼,拎着茶壶给桌上白色瓷杯倒着茶水。她问金贵说:"那个郑老板会投资吗?"

"不一定,那天他好像有这个意思。临走时,他叫我整个方案。"金贵说。"老板肯投资就好啰。加工这活,要让外地的客商干,因为他们有市场,有加工技术,东西卖得脱。"秀梅也在给金贵参谋。金贵默默写着方案,不作声响。一小会儿,他抬头忽而看见墙上爬着一只壁虎,那壁虎向着一只黑蜘蛛扑去,黑蜘蛛还来不及逃跑就被吃到嘴里,壁虎的尾巴一声微响,尾巴断了,他急忙起身把那壁虎捉住扔出窗外。秀梅拎起茶壶走下楼到厨房烧水,她婆婆妈没有睡觉,老人坐在灯光下,手里拿起一条布筋正在扭着扣子。上个月,她用土布料给金贵爹刚缝上一件新衣服，对襟两边要缝上一排布扣。"你爹这老不死的，"她说，"给他买的新衣服他不喜欢穿，偏要过去老式样的。"秀梅拿起一排布扣仔细看了会儿。别看这小玩意，做工看起来简单，但奇妙在于编织，手扭的布扣真像只小蜻蜓似的，一般的女人不会弄。秀梅说她真不会做，叫她做一双布鞋，连针脚都是粗针粗线的。"妈，睡觉吧。"秀梅说。"再做最后一个。"她妈说。金贵爹从房间传来响亮的鼻鼾声。

  水烧开了，秀梅把茶壶装满了水，拎着茶壶上楼。金贵草拟的方案，他的观点没有变，在方案上依然写道："若竹价下跌，应定出最低的保护价。"这是关键词，其他合资或是独资条件都好说。他写好又反复斟酌一遍，直至深夜。他伸起懒腰打个哈欠，然后才上床睡觉。

  次日早上，金贵把招商方案交给七哥，叫他打印好后再给郑总发去。那天临走时，郑总把邮箱给了他。这事完后，金贵打着电话及时与新锦纸业公司联系。电话接通了，他给对方说起竹子签合同的事，又说，不然登门签合同也行。电话里传来女人的柔柔声音，她说等待老板考察回来再联系。金贵只好放下电话，这事他抓得紧，这是今年销售的重头戏。

  上午，金贵在合作社忙着，他与一家散户的客商正在对接业务。秀梅慌张地跑进了办公室，气喘吁吁地说："金贵哥，快回家，爹快不行了。""怎么回事？"金贵说。原来金贵爹起床，两脚在床前刚站起来，"啪"的一声，老人的身子摔倒在地板上，这一跤摔得不轻，倒在地上爬不起来了。一清早，秀梅带着竹筒已回她娘家去了，她婆婆妈在菜园掐菜薹。回到娘家，她母亲不在家，房门也锁着，俩娘母只好返回。当她和小竹筒走进屋里，看见老人倒在地板上，仰面朝天。她赶紧上前去把老人扶起，秀梅扶不动，小竹筒扶着他爷爷的胳膊，秀梅急促叫喊："妈，快来呀。"金贵的妈急忙从菜园跑回，两婆媳再加一个孙崽，一起把老人抬上床。八十多岁的老人了，这一跤摔重了，老人躺在床上眼睛半闭半睁，呼吸起伏。

金贵跑步赶回，七哥随后赶到，八弟爹、秀梅的爹妈晓得信后，急忙赶到金贵家，走到床前看望。八弟爹握住金贵爹的手说："老哥子，你要挺过这一关，好日子还在后头。"金贵爹脸上抽搐两下。金贵急了，说马上送医院，不到二十分钟，老人咽下最后一口气。他爹走得太突然了，临终前没留下一句话。金贵趴在床沿上放声痛哭。金贵妈说："好像有报应，上个月，他爹叫我给缝件新衣服穿，布扣都没有给排上。"她说着，流下泪来。八弟爹主事，他叫七哥到屋外烧落气纸。九爷赶到了，他又叫九爷开车到青龙寨去请美云道士。金贵爹去世的消息在寨子传开，人们纷纷放下手中活，来到金贵家帮张罗后事。

当天晚上，美云道士唱着歌在灵堂绕棺超度亡灵，梭罗寨男女老少为老人披麻戴孝，院坝上站满了人，只见到白茫茫一片，犹如天空飘落的雪花。停灵两天后，八弟爹帮看好下葬日辰，寨上的男男女女把老人送上山。金贵拿起引路纸幡走在前面，小竹筒懂事了，扛起小黄旗和他妈妈随后跟上。

相离不到半年，寨上与金贵爹同龄的几个老伙伴相继去世了。这辈老人一个个陨落，月亮山上又新添几座坟墓。年龄最大的只剩下八弟爹和秀梅爹了。这辈人过去皆是梭罗寨的主人，他们一起从互助组，入过社走合作化道路，又跨进人民公社，遇上过饥荒的年景。从农业学大寨，又到土地包产到户……老人作古了,代表他们那个时代过去了;人虽作古了,但他们的魂魄仿佛还散落在山水间,有时化成天空飘浮的云彩,俯瞰大地,好像在另一个世界,悄悄佑庇着梭罗寨后人的家道和前程。

据他们寨史记载:因为秦始皇灭楚的战争,他们的祖先为避战乱,从洞庭湖以及沅水逆上迁居武陵腊尔台地的梭罗寨落脚。吴、龙、石、杨四个不同姓氏的兄弟结伴,他们落荒深山,安身立命,与野兽为伴,一起到寨口种下那棵枫木树,然后在梭罗河岸边结拜,共同在梭罗寨造田筑土,繁衍生息,生活上相互帮衬,和睦相处。寨史上还记载了两百年前,他们的先祖曾经参加那场震惊朝野的乾嘉苗民起义。他们反抗压迫,后来被朝廷围山打寨,攻打了两天两夜进不了寨子,最后朝廷采用木制的大弓箭放射火把强攻,一场熊熊的大火将百多栋的吊脚木楼和积累的财富烧成一片废墟,这是梭罗寨悲壮的历史。后来受年代的变迁和时代的怂恿,族人间也发生磕磕绊绊的不愉快事儿。直到走进新时代,金贵和七哥、八弟、九爷他们这一代人,相互间的隔阂才得以消除。

郑总有了回复。七哥把郑总的回复打印出来,拿给金贵。他这样写道:"金贵社长,你提出的条件,我们认真研究考虑一番,决定不投资建厂了。你们有丰富的资源优势,但交通不便,区位处在劣势。真正投资竹业加工,其条件不如江西。我们愿意收购你们人工栽培的新竹,在同等的价格上,可以与贵方签订收购合同。"金贵看完郑总的回复,心里好像被泼了一瓢冷水。郑总是个精明人,他不投资自有道理,他嫌竹价高,加工增值没有空间。这个商真不好招。招商屡屡受挫后,金贵才彻底明白过来,过去想得太天真了,并不是有了资源就有人来投资。眼下就算筑有窠巢，也难呼引凤凰。

　　他打算放弃，打铁全靠自身硬。金贵决定先投资一个小加工厂起步，引进人才先把竹业加工干起来，走一步看一步，把路走稳，然后再逐渐扩大。他准备叫九爷干这加工的差事，他会做木匠活。当他把这想法提出，七哥听了持反对态度，不合他的意。"金贵哥，纸业公司需要我们大量的货，卖得脱，别去瞎操心那些麻烦的事。"七哥直言不讳地说。"真到那一天，纸业公司不需要我们的货，怎么办？"金贵说。"不会有那么一天。"七哥抱着侥幸心理说。

　　晚上，金贵与宜春的朱总通了电话。金贵在电话里给朱总说，他要办个竹类加工厂，需要一个加工竹艺师傅指导。他又说可以高薪聘请，恳求朱总支持一下。朱总在电话中欣然答应。两天后，金贵驾着车去了宜春，在朱总的办公室，她告诉金贵有个对象。她推荐一个叫李师傅的技术老骨干，不过，年龄六十出头，他原来是公司竹艺加工的技术员，至今病休在家。金贵在朱总办公室与李师傅见了面。双方谈到报酬。金贵一开口月薪开到八千，算是出了高价。李师傅听了没有推辞，很乐意接受下来，但他说只能干些技术活，不能干重活，不能夜间加班干活，因为身体差的缘故。金贵满口答应。当天就把他接回梭罗寨。

　　这天下午，七哥把九爷叫到办公室。屁股刚落椅子，金贵照直说："没有别的事，叫你担任加工负责人一职，领个头。"金贵的话没说完，九爷连连摆手摇头说他干不得，"金贵，我干不了那个活，我还有二十多亩竹林的活路。""九爷，你不要推脱了，不是叫你白干，要付你劳务费的。你在外搞过工程建筑，干过三级包工头，见面熟。"七哥说。七哥的话有调侃他的意思。

"做包工头是真,但弄不得这个活。"九爷说。"别忘记你干得一手好木匠的活,你有这个本事。师傅我请来了,我们准备买几台加工机器设备,就先在寨口那块地搭个钢架棚先干起来。"金贵说。

九爷生性耿直。恭敬不如从命,他不好推脱了,二话不说,便挑起这副担子。他带着寨上二十多个青壮年,先搭建钢架,焊接钢条,又搭盖蓝色棉瓦,花费不到一个月时间,一栋九百多平方米的钢架房拔地而起,新购进数台加工设备陆续到位。准备开工之前,金贵召开一次讨论会,在会上他先给了两个任务。说先做十几套竹沙发和茶几,给祝乡长办公室做一套,合作社办公室一套。金贵又对李师傅说:"以你们朱总办公室那套为样子,若人手不够我派。"李师傅说:"社长,朱总那套竹沙发是高档竹沙发哦!"金贵说:"我就要那种款式。"

这段时间够忙了,安排好加工竹类的事儿,金贵和七哥去了新锦纸业公司签订合同。去年供货业务相熟了,双方在谈价格和数量供求时没有折腾,纸业公司没有压价,合作愉快。金贵一次拿下八百万元大单。合作社提供的新竹,公司用于做高档纸张的原料。这个特殊用途,当然,他们不会告诉金贵,但对方特别强调10月必须交货。

销售合同签订了,有效期三年。金贵吃了定心丸。合作社又把合同数目分解到社员的竹林上,每年形成惯例。社员一拿到任务书,心里踏实,安心管好自己的竹山。

竹艺加工有了进展,合作社先投资五十多万元的前期费用。一个月后,九爷不负所望,十多套办公室的竹沙发做出来了。九爷叫人把做好的一套套浅黄色竹沙发抬放在大楼前展示,众人围观，大家东瞧西看的，由衷发出感叹："这是用我们的竹子做的吗？"九爷用纱布擦去沙发上竹屑粉末，一股竹子清香味扑来。他自豪地说："还有假吗？这是坝上黄竹的爹。明白了吗？"他叫人们把竹沙发、单椅、茶几一起抬进办公室，经过碳化处理的竹料，做成的竹沙发平面光滑，竹纹清晰。坐着有种舒适而清凉的感觉，冬天怕冷，只要放上几个软垫就行。这一摆设，办公室熠熠生辉，顿觉雅致而清新。七哥先坐过瘾，在旁的李师傅，说这套沙发的竹料比朱总那套好。金贵一脸兴奋，坐在竹椅上左右环顾。东抹西擦的，他想起当年在泉城竹业加工厂的考察时，看见过厂家展示厅摆放的竹艺产品，当时非常羡慕。想不到从种竹那天开始，前后花费七八年时间，今天终于看见梭罗寨的竹产品问世，心里有种说不出的滋味，无不百感交集。他说："把办公桌也该换掉。茶几做大点，做长些。多做十几把单竹椅，把办公室武装起来。"众人在围观中，一个小伙子动心了，他说要一套竹沙发结婚。又问九爷价格。"你去问金贵社长。"九爷说。"别问了。"金贵说，"实行特殊供应，给你优惠价。"

产品展示，竟得到人们的青睐。众人对产品的围观，激发社员购买的内需，一时间订做二十多套，还有青龙寨人到合作社看了产品，纷纷要求预订。金贵对前来预订的社员们说："价格优惠，先货后款，社员内部特供。"几天下来累计预订了五十多套。

金贵参加过竹艺品展销会，看过许多厂家展厅的竹艺产品，品种齐全，看得眼花缭乱，人家的企业就是这样运作。加工车间临时招收二十余人，他与九爷和李师傅协商，先把竹地板弄出来，先装一间样板房，金贵预计市场需求量大。

早上，太阳从山顶爬出来了，温暖的紫红朝霞里掺着几抹玫瑰色的光辉,初春的晨风凉意袭人。金贵开着车去了乡政府,一走进祝乡长的办公室,他很客气地说:"祝乡长,你好久没去我们梭罗寨了,今天特意请你到我们合作社指教指教。"金贵很客气,脸上挂着笑容,祝乡长感到莫名其妙,在她心目中,今天金贵这番热情有些特别。她不推托,便放下手中的事,从办公室走出来,随同金贵上车,她在车上又询问金贵招商进展情况。金贵边开着车边搪塞着。到了梭罗寨,当祝乡长走进他的办公室,眼睛一亮,坐在竹沙发上。金贵说:"祝乡长,我们不招商了,也招不了商,我们自己干,这是刚加工的竹沙发,给你办公室备有一套。"祝乡长一惊,说:"这么快?""对,这是我们刚做出来的。"金贵说。金贵脚踩着刚铺好的竹地板,又说:"这是竹地板,经过碳化处理,结实,冬暖夏凉,准备给你办公室铺上。"七哥拿起刚做好的两个竹茶杯,放着毛尖茶泡上,端放在她面前。七哥说:"领导品尝竹杯泡的茶。"祝乡长接过竹杯轻呷一口,慢慢品着,的确有股不同的清香味。她说:"我给你们打广告。"接着,金贵带她去加工厂,走进临时的钢棚车间,车间繁忙,几台机器正在割料发出嗞嗞的叫声。金贵带她走进一间小房,把正在做设计的李师傅介绍给她。竹子加工品样多,摆放在地上有竹盆、竹碗、竹篮、竹挂帘、竹睡席、竹桌等。祝乡长看上那副竹挂帘,两眼注视许久,又用手轻轻触摸垂直细薄的竹片,素颜雅致。金贵看出祝乡长的心思。他说:"在你办公室挂上几对。"她欣赏入神,仿佛看见她窗户上长出一簇翠色的青竹。走出车间,她对金贵说:"真错怪你了,金贵。""别这么说,很多事只是逼急了,办法就逼出来。"金贵说。"需要我服务的,义不容辞。当干部就是做好服务。"她说。回到了办公室,金贵把自己的想法说出:"你办公室上下来往的领导多,为宣传和展示我们的竹艺产品,打算把你的办公室从茶杯开始,从脚到头,全盘武装起来。"金贵的意思,就是把她的办公室无形中做成对外的展厅。祝乡长听了,她说:"你金贵社长真是聪明绝顶,你在打我的主意。没问题的,我明白了,愿意当你们的推销员。"

两天后的一个下午,金贵和九爷把竹产品拖到了乡政府,十几个男人把竹沙发等物件抬上二楼,房间竹地板重新铺上,给祝乡长做两个装文件的竹柜,还有竹挂帘,连垃圾桶都换上新的竹篓。金贵还特意送给两钵人工栽培的紫色斑竹。忙碌完一天的活,一间布满竹制品的新办公室,明丽地展示在人们眼前。祝乡长坐在新换的竹椅上,心里极为满意。每天在办公室感受着竹子带给她的清爽气息,仿佛走进艺术的空间,自己好像变得优雅起来。新办公室刚布置好两天,县里发改局的马局长来乡检查扶贫项目。县发改局脱贫攻坚有任务,他们承担这里一个贫困村的脱贫。祝乡长有过婚史,如今仍过着单身女生活,此时的马局长正在追求她。马局长一跨进她的办公室,感到吃惊。办公室鸟枪换炮了,室内摆设放的是崭新的沙发、办公用品,仿佛是竹饰艺术品的展览,一走进就闻到一股清香而新鲜的竹味。他好奇地问祝乡长:"你从哪里弄到的这么多的高档东西?""这是我们梭罗寨加工的。"祝乡长说。她把梭罗寨说成"我们的",马局长感到惊讶不已,原来他准备检查的是养殖扶贫项目,临时激发兴趣。他对祝乡长说:"先到梭罗寨去看看。"

半个小时车程,祝乡长把马局长带到金贵的合作社。金贵和七哥正在给干搭钢棚活的社员结账。马局长走进办公室,她给金贵介绍:"这是县发改局的马局长。"金贵笑脸相迎,先跨上一步握着手,然后又带马局长到车间看看。马局长看着简陋的加工车间,他对祝乡长说:"为何你们不上报这个加工项目?"金贵马上解释,他说这加工的产品刚刚开始。祝乡长说,现在申报也不迟。大家在车间巡视二十多分钟,马局长回到办公室,喝着茶。他望着手中的茶杯,茶杯也是竹筒做的。他说:"我们应该支持这个项目,你们马上写出可行性报告。"祝乡长趁机转移话题,说:"你马局长既然看上这个项目,先拿点钱把你的办公室改造改造,给产品做做宣传。这是最好的扶贫。"马局长愣怔会儿,接着"哦"的一声。他明白了,原来祝乡长在推销产品,叫他销货。马上改口问金贵:"改造需要多少钱?"金贵不好意思说出,在场的七哥马上接嘴,说:"全副武装三万元多点,领导需要可以折价。"马局长又深望祝乡长一眼,说:"等我回去商量,价格不贵,购买五六套沙发应该没问题。"金贵准备安排饭局,祝乡长说不用安排。马局长临走时,金贵又送他两个高档的竹茶杯。他又对金贵说:"你们马上写出报告。"金贵说:"感谢马局长支持。"

　　祝乡长做推销员干得不错,果然马局长没有失信,他派出车子直接到加工厂拉货,马局长下属的科室购买了几十套竹制的沙发。当然这是祝乡长的连锁效应。她做事很尽力,凡是县直单位下乡找她,一到办公室,她都先谈竹产品的话题,然后再说事。经过她的宣传,先后推销了八十多套沙发和竹艺用品,办公室的产品展示一炮打响。

　　通过合作,金贵对祝乡长刮目相看。这天,他又到她办公室汇报工作,谈得最多的是梭罗寨下一步的发展,金贵藏着许多思路，他说准备申报梭罗寨为古村落。祝乡长正在看着文件。金贵问："申请古村落保护上面有资金支持吗？"祝乡长回答，说："好像上面是有这精神，但没听说有资金支持。不然，你先写个报告，资金要靠争取的，哪怕弄点贷款也好。"一听贷款，金贵熄火了。他不愿背上债务，原来马局长叫他申报竹业加工项目，听说都是银行贷款，而且审批手续烦琐，他主动放弃。他心想在争取古村落保护中，能够得到上级政府无偿资金支持，借此机会，把梭罗寨改造成一座新的竹寨。利用几千亩的竹海，发展竹业旅游。祝乡长看完文件了，她对金贵说："刚才忙着，现在没事了。"说着，她把办公室的门关上。金贵一惊，让他显得不自然，房间里只剩下一男一女了，不由紧张起来，其实金贵想多了。祝乡长瞅他几眼。接着又把他茶杯水倒满。在她的心目中，她喜欢像金贵这样干事果敢的男人，并不喜欢那个所谓成熟，一直在追她的马局长，这男人只会动嘴皮。她梳理额头几绺凌乱的头发，走到窗前，又给两钵紫色竹浇上水，然后拉开挂起的新竹帘，打开两扇玻璃窗，一辆越野车正往大院开来，接着又一辆白色的车子开进。回坐竹椅上，她和金贵扯起当前农民脱贫的话题，从青龙寨和蛤蟆寨靠种竹脱贫说起，她当面直夸金贵的扶贫带动得好。关键时刻，大胆借钱给种竹的贫困户。她说："当前脱贫难度大，难就难在没有产业带动，也找不到好的带头人。"又转话锋说，"我明白，当然不可能每个贫困村都去复制梭罗寨模式，要因地制宜。干事不能好大喜功，要脚踏实地干，更不能好高骛远。你金贵社长的发展思路是对的。农民要去谋出路和新的发展，还有好多问题没有破题。最近，我又到边远的一个村扶贫，这个贫困村没有产业发展带动，没有什么经济来源，也找不到新的发展路子。叫他们种竹,很为难,他们说没有钱投资,不懂技术。叫他们发展养殖,也说不懂技术。真正喂肥的猪又卖给谁?谁给他们销?反提出一连串的问题,把我们扶贫干部问得哑口无言。你金贵社长在梭罗寨就破了这个题。不仅让社员口袋装有票子,而且每家每户还留足口粮田,没有荒芜一亩田土。"

她还说一个贫困村若没有产业带动,一切都是空谈。就是眼前有的脱贫了,今后也会打回原形。金贵接过话题说:"过去我们也是穷得叮当响的贫困寨。以前因为穷,种产业也种不出啥名堂来,家里穷吗!连我和七哥、八弟娶的婆娘出外打工都不肯回寨了,创造了梭罗寨男人的悲剧。"在祝乡长面前,金贵不怕出丑,竟然说出用石磨压绣花鞋的荒唐事儿,"为赌那口气,不认那个命,我们才发愤拼命地干,最后靠种上黄竹才改变命运。"祝乡长听了一脸讶然,备感惊诧。她问道:"最后她们回来了吗?""半个月后银花她们回来了,但她们回来,让我们得到的是三本离婚证,秀梅是我第二个妻子。"金贵说。金贵说到过去自己不愉快的婚事,不经意间好像也触动祝乡长的痛处。据说祝乡长结婚不到两年,被她的男人抛弃了。原来她男人也是一个乡镇领导干部,前途无量。俩人也因为性格不合离婚。这痛苦一直深埋心里,对谁都不说,她垂头静默不语。金贵看在眼里,不知她有什么心事,他不得不转回话题。他说脱贫要靠自己内生动力,纯粹靠扶是扶不起来的。祝乡长收回思绪,倏然回过神来,抬眼望着金贵,忽闪的眼睛饱含着深情的目光。她坦诚与金贵交心,她说自己刚上任做基层工作,真没有经验,仅凭一腔热血和蛮干,还说乡里有好多事没有做好,目前脱贫攻坚压力大,紧接着下一步又是乡村振兴,有时候真不知道怎样干。祝乡长第一次对金贵说出掏心窝的话，脸上浮现几分焦虑的神情。

"祝乡长谦虚了。你工作做得好，支持我们修产业路；一个大乡长能放下身段帮我们推销产品，很感动人了。"金贵又说，"梭罗寨产业发展一路走来，历经许多风风雨雨，并不是一帆风顺，也遇上许多难念的经。也许今天成功，明天又失败了，反复无常，经常受到市场和自然灾害的影响，今后还会遇到很多的困难和意料不到的事。这时代变了，在发展模式上，仅靠过去的单打独斗干不成大事，梭罗寨好在有个合作社撑着，我们正在寻找新的发展路子。"金贵与祝乡长正在浓趣的交谈中，有人敲门了，祝乡长起身把门打开。一位年轻秘书走进，给她送来一沓文件，秘书走后，她和金贵继续深谈……

第十七章

翻过这个年头,金贵彻底地松了口气。疲软的市场,有了纸业公司这棵大树撑着,销售额比往年略高。金贵两年前帮扶的两个贫困村寨的黄竹基地,他一直在督促管理投肥,竹林开始陆陆续续出产竹笋了,冬季也开始卖竹。这个龙理事真记住事,很守信用,这一年除个特殊别户之外,他带着贫困户首先把第一笔竹款归还了金贵。金贵合作社的社员种竹收入平稳。九爷负责的产品加工已经由展示走上市场。几年前,金贵曾经在外地考察竹产业市场,在一个乡镇万亩竹海参观。那里兴起竹海生态旅游,而种竹的农民,只要守住自己几块竹园同样收到票子,一时对他启发很大,心里早有酝酿和谋划。不过,从种竹到卖竹直到加工,饭要一口一口地吃,如今腾出手了,他在思考下一步旅游发展方向和战略。

晚上,金贵在灯光下伏案,将写好的纸撕掉,撕了又写,反复无数次。放下笔,他又起身把矮柜抽屉抽出来又推进去,不知道在寻找什么。接着,他又继续草拟那份梭罗寨发展竹海生态旅游的报告,想做这篇大文章。

次日早上,太阳刚从山顶上冒出来,满天通红。他开车又去了乡政府,自信满满地把报告交到祝乡长手上。那份报告有七八页纸,纸上写满整体构思和操作方案,内容简明扼要,可操作性强,还配有草图,重点是古村落的改造。

祝乡长瞄了一眼,没有翻动几页,开口表示赞同。不过,她对方案提出了不同的看法,她说:"金贵社长,方案应先请设计部门对梭罗寨进行整体规划设计。不是凭一张草图、一份报告和一栋样板房就可以解决的事。"她说的意思,先做规划设计绘制成图,金贵一听逆耳,心生不快,于是为那张设计图的事儿,金贵忍不住口,又与祝乡长争论几句:"寨子改造几间老房,建几栋竹楼。不需要那些花花绿绿的东西。"祝乡长听了金贵说的这番话,感到吃惊,他那生性执拗的老毛病又犯了。她有理当仁不让,有理也不饶人,说:"要想得到上面的支持,仅靠你写几页纸的报告就想得钱,你金贵社长想得太天真了。"她笑着又说,"没有像样的科学规划设计方案,真的不行,这是上报项目的程序和规矩,要懂点科学发展观的道理。"金贵不吭声,一有情绪,脸色涨红,他坐在竹椅上显得很不自在,连手都不知往哪里搁。坐在对面的祝乡长,说着话又在桌子上抄写着什么东西,时而又抬头看他一眼,金贵沉默了。

"那设计费需要多少钱?"他忽然问道。

祝乡长不假思索地说:"少则三十万元。"

金贵紧蹙眉头,暗自思忖,做一个设计,要花上几十万元,

135

都是些绣花脚的功夫。他又压了压从喉咙冒出来的怨气,不能再顶撞领导了,这又不是她的规定。金贵把想说的话又咽回肚子,也许人家说的是对的。他起身准备告辞,祝乡长放下笔,又说:"金贵社长,回去再想想,别急,有些事急不得。别忘了,我还是你们的推销员,我手里有十个要货的电话了。"金贵怔了怔,那股硬气又软了下来。祝乡长的几次表现,其实对他的合作社很支持,他心里有数。

古村落改造一事,金贵开车回梭罗寨的路上,已打定主意,他准备发动社员自己干。他把车停在加工厂大门前,下车走进加工车间,看见九爷带人正在给客户上货,装的是竹地板。他走到九爷面前,九爷对他说:"金贵兄弟,这货好销。"他还说县城有个客户想做代理商,他县城有门面。"这是好事,但要注意,县城只能设一家。"金贵说。

吃好晚饭,寨子路灯亮了,灯在黑夜中闪烁着橘红色的光芒。合作社大楼一盏太阳能灯坏了,只剩下另两盏灯忽闪亮光。金贵在楼上召集九爷、七哥、六叔、八弟爹,还有李师傅在办公室开会。这个会的主题是梭罗寨古村落改造的议事。会上,金贵说话没有弯弯曲曲,他直接把他的设想全盘端出。他说:"今后梭罗寨的发展,要靠吃黄竹旅游的饭,从现在的卖竹发展到让人花钱看竹。要达到这一步,首先要改造梭罗寨,先把它变成一座竹寨,把竹寨竹海连成一体。这是我们今晚的议题。"接着金贵说出具体方案。

在讨论时,负责设计的李师傅说:"这不是什么新鲜的事,我们那边早这样干,我们曾经设计过旅游区的竹楼,设计改造的样板房就是从那里弄来的。"

梭罗寨从种甜菊开始，直到今天的种竹，人们挣得几个钱，大多数拆除了木质的旧房老屋，建起一幢幢新的砖瓦房。金贵说："那时候谁都没有那个高瞻和见识。面对现实，一是对建好的砖房采用竹料包装改造，屋顶也要改造翻盖，一律盖上琉璃青瓦；二是每家的正房配套两间竹楼，改造户出三万元；三是合作社先拿六十万元给予补贴，但要在理事会通过一下。九爷你算好账。"

九爷说："叫社员出钱干的事，暂不开会为好。众人之下，人多嘴杂，必然有的人不肯拿钱搞改造，或是泼冷水。依我看从我们六家先干起来，让社员们看看。"在会上，八弟爹、六叔都表态支持，八弟爹说："我都到这把年纪，只靠你们年轻人啰，活着，就想看看梭罗寨的变化。"

七哥又逗他说："奎伯，叫你那当老板的亲家投点钱吧。"八弟爹瞪了七哥一眼。"你七哥莫乱开黄腔，几万块钱我还拿得出来。前两天，八弟从加拿大给我打款了。"说着，他从衣袋里摸出一张绿色的美钞："这是美国的钱，你见过吗七哥？"大家扯白一会儿，金贵说："趁在春笋开扒之前动工，我赞成九爷的意见。"他又问九爷，材料供应得上吗？九爷说没事，都是上一年贮存的干料竹子。七哥建议，先临时成立一支建筑队，搞承包制，讲好价钱和交房期限，两个月完成交房，大行动放在春笋后。金贵听了这话靠谱，他默默点头赞许，七哥成熟了。金贵心想谁又来挑这副担子呢？他在琢磨着。

金贵的六叔坐在竹椅上，他抽完了铜窝的烟丝，将短烟杆下的铜窝往鞋上连磕两下烟灰。他自荐说："建筑队我来扛。"金贵说："对，六叔和九爷在外搞过建筑，有经验。我怎么没有想起呢?"九爷说:"你是最佳人选。你不冒出来,真找不出合适的人干。""这事就这样定了。"金贵说。为建竹楼的事大家讨论许久,一直讨论到夜晚十二点钟才散会。大家走出来,七哥又转身将室内的灯关上。

金贵走在回家的路上,望着那一轮皓月和满天繁密的星斗,陷入思考之中,他忽然想起不知是谁写过一句诗:"太阳的光辉,它只会照耀给那些敢于探索和付出代价的人。"迎来转机的时刻,金贵暗自攒劲,抓住最后的机会,心里那座美丽而神圣的梭罗竹寨,仿佛在他心里早已诞生。

六叔带着建筑队动手了,先从九爷家开始。九爷原来在外包工程,挣得些钱,修起五间三层楼的砖瓦房,住房的建筑面积数他家最大。竹楼建在正房的左侧,左侧边是一块菜地,菜地里还养有两箱蜜蜂。一大群蜜蜂从蜂箱里进进出出,繁忙来回飞舞摆动。采用李师傅设计的图样,先浇钢筋混凝土柱子构架,然后用竹板装饰。六叔画线了,七八个中年男人动锄挖基脚。四天后,前后六根钢筋混凝土柱子拔地而起,四周浇梁纵横衔接,房框空间上下四周填装竹板,楼房竹壁安上花格亮窗,楼层铺上浅黄色的竹地板。走马转角的廊檐与正屋相连接,搭起的屋顶盖上琉璃青瓦。仅用二十多天的时间,九爷家的竹楼建起来了。这是梭罗寨建起的第一栋吊脚竹楼,人们惹眼,好奇地围观。社员们上竹楼观看,啧啧赞赏不已。金贵在现场指挥若定,他解释竹楼的造价,众人听了后悔曾经修建的砖房,有的说过去花了好多冤枉钱,今后建新房不用砖头了。金贵趁势又向大家说出改造梭罗寨的重大意义。重建一座新竹寨,就是让梭罗寨的名声响亮起来。他的话带有极大的鼓动性和煽动性。社员们听得入耳,感觉有劲，心动不已，都愿意出钱改造。现场围观时，也有个别社员提出，要合作社一起拿钱改造。七哥在旁听不得杂音，他说："合作社准备拿出六十万元补贴了，你别想得这样美，别认为你出个三四万块钱就得一栋楼。"一件好事情，经过七哥那张无遮拦的嘴巴煽出，就会变味。

李师傅到现场验收，对竹楼认真检查一遍，不放过每一个衔接的檐口。他在众人面前也做一番解释。他说这乡村的建筑，要把传统与创新结合起来，修一栋竹楼，就是制作一件艺术品，不仅能让人居住舒适，而且要有艺术美的建筑价值。原来李师傅是一个工匠型的设计师，这话说得有水平，上档次。金贵暗自高兴，这位人才招对头了。

六叔的工程队建好九爷家的竹楼，又紧接着建金贵家，一栋接着一栋干。工程队果然不负众望，两个月工期，就拿下了六栋竹楼，竹楼样板房建成了。社员们亲眼所见，竹楼经济适用美观。一时间吊起了胃口，还没有等到开动员会，社员都愿意出资，纷纷交上款子，五天下来，寨上报名的社员达到半数以上。春笋时节到了，因为社员要上山扯笋上市，工程只好暂缓。

正当金贵为改造古村落的事忙碌，他接到八弟打来电话，说他与三姑娘离婚了，过两天回家。声音从电话里跋山涉水钻进了金贵的耳朵，心里乍一下绷紧。金贵放下电话，愣怔一会儿，回头告诉七哥说："八弟出事了，他与三姑娘离婚了。"七哥一听感到惊讶，抬头望金贵一眼，定下神。"你金贵哥一说出事，我真认为八弟出什么大事，这年代离婚有什么稀罕的。那些大明星，当大官的哪个没离过婚，连祝乡长也离过婚，你金贵哥也离过婚，我也离过婚。"七哥那张嘴巴又乱煽。"八弟在外混出头了，我们还指望在外帮忙拓展市场。"金贵这话带着几分惋惜。七哥说，准是这八弟又犯傻了，不晓得哪件事做得让人家三姑娘不高兴了，被人家甩了。他又张望大门外无人，轻声地又说："金贵哥，肯定是他干那些见不得人的事被捉了现场。""尽说些难听的话。"金贵说着，又觑七哥一眼。这时，他忽而想起在小山村种树时八弟喜欢的少妇，自己垫出的一千块钱，八弟至今没有还给他。

原来三姑娘与他的结合，只是一种回报似的冲动。八弟憨厚老实，加上文化程度不高。三姑娘是大学生，俩人素质差距大了，本来就没有多少共同的语言。在生活上，三姑娘惯常霸道，一切由她说了算，八弟俯首帖耳的。加上他没有钱买房，过着寄人篱下的生活，他感到压抑。所以，夫妻生活时间久了，也时常拌嘴吵架。他晓得三姑娘有了外遇，一提离婚，他满口答应，好聚好散，八弟先在离婚协议上签字。

八弟果然回到梭罗寨。这次回寨没有过去的风光了，一脸的灰色，身上穿的衣服皱巴巴的，还是收干竹笋时的那件花格衣，精神萎靡不振，判如两人。他走进办公室，一眼见到金贵和七哥，他说："两个哥，我又离婚了。"他把"离婚"二字倒说得很轻松，脸上没有任何痛苦的表情。他是开着车回来的。他说离婚时，三姑娘把那辆半旧的奥迪车送给他。三姑娘在做生意时和加拿大的一个老板好上了，带着孩子去了加拿大。他们住的房子是她老爸买的，离婚当天，他被赶了出来。八弟说不出任何离婚的理由，他就这样被三姑娘甩了。

七哥把茶水递上，他在替八弟生气，不服气地说："三姑娘变得这样绝情，外面真不是我们的世界，回来也好，三兄弟一起干事。别挂念什么三姑娘了。"七哥说着，走上前递给一支香烟，又拍着八弟的肩膀，"梭罗寨人要有点骨气。"七哥说，"前两天你爹才说你从加拿大汇回美钞的事儿。"八弟说："哪有这回事，我那个爹一辈子爱吹牛，加拿大的温哥华是去过一次。"

"你离婚的事你爹晓得吗？"金贵问道。

"我没有告诉他，他不晓得。"八弟说。

金贵说："八弟你先回家看看，不然我和七哥送你回家。"七哥说他马上到加工厂去。最后是金贵送八弟回家。八弟家已是首批改造房，回家看见新建的漂亮竹楼，心里一震，他妈正在竹楼上晒衣服，他爹坐在堂屋戴着老花镜，正在翻开一本半旧泛黄的历书，不知他又在给谁家看日子。八弟跨进大门，怯生生地叫一声爹，接着告诉他爹，说他与三姑娘离婚了。他爹蓦然抬头看他一眼，愣神半晌不说话，心里暗自想着，这八弟怎么会走到这一步。离婚回寨，是件不光彩的事，让人看笑话了。过去在众人面前经常炫耀他八弟的能干，好像梭罗寨只有他的八弟最有出息，如今弄成这个下场，打脸了，一般爱慕虚荣的人最怕这个结局。他心不在焉地翻着历书。金贵打破僵局说："奎伯，这没有什么大了的事，八弟回来和我们一起干，想宽点。"

八弟妈走下楼，看见八弟和金贵，她在楼上听见他们的对话。老妇人沉着脸，走到八弟面前说："我的崽，离得好，我早就看不惯这城市的姑娘了，娇生惯养的，没有人家金花媳妇勤快，服侍她就像服侍官家小姐。"她又对金贵说："三姑娘和八弟回家住那阵子，早上睡大觉，衣服不洗。还要老人煮饭端上，趁早散伙好。"八弟妈唠叨着。"你老人家不要愁，八弟会找到孝顺你们的好媳妇。"金贵说。八弟妈又摆古了,她说:"金贵呀!你和八弟、七哥同属龙,都是腊月出生,你大他两个十天,七哥和八弟是腊月二十二生,七哥是天麻麻亮,八弟是太阳落坡。那个时候困难得很,那年遇上天干,收得的稻谷不够半年吃,我坐月子还吃着杂粮苞谷洋芋饭。现在生活好了,你们的娃娃都上学读三年级了,我这个八弟……"说着脸上不禁老泪纵横。八弟妈诉说这番苦情,八弟爹合上那本历书,他忽然骂起七哥:"都是那个七哥干的烂事,真像他爹的那副德性,那天晚上三姑娘进屋,还没有正礼,我晓得那天是个破日,他叫寨子的娃崽们到家里放爆竹,还叫喊什么八弟闪金光,闪鬼的金光。那爆竹能乱放的吗?你看这不是显灵了吗?"八弟爹把责任推给七哥。

　　八弟离婚回寨的消息传开了。八弟爹不露面,足不出户,闭嘴了,懒得见人。谁知八弟回到梭罗寨,自己反而得到解脱。这事,像刮一阵风很快过去,八弟还原他本来的面目,又还原了过去的生活。八年一轮回,三兄弟又一起在合作社干事,金贵叫他负责销售。

第十八章

进入6月,社员忙完竹林的活,坝上留下的口粮田刚栽完秧子。夜里,繁星满天。沉闷的暑热从山口上吹到寨里,风把晒焦的草香味吹散到空中,天边时而忽闪着雷电。合作社楼前两盏太阳能灯光照亮会场。动员大会正在进行中。大老远就听见金贵洪亮的声音在回荡,放大嗓门的声音有时又尖又亮,说到主要内容抑扬顿挫。"我们梭罗寨,自土地下户以来,在种地的产业路上不断探索,从种麻开始,失败,种甜菊,又失败。没有办法了,只有到福建帮人家种树。那种苦活,在座的大多数人都尝过滋味。为种这棵黄竹,我们前后花了七八年时间,今天才算站稳脚跟。今天我们要干大事了,为吃好这碗饭,我们要进行破局,破什么局?就是重新建一座新的竹寨,做起旅游大文章,因为我们有几千亩的竹海……"金贵讲话越讲越起劲,好像在燃烧大家的目标感,会场上鸦雀无声。接着,他叫七哥宣布改造方案。这次，在金贵合作社的理事会上，七哥当选为副社长，协助金贵社长管理三千亩的竹林基地。

　　七哥当选副社长了，昂头挺胸，目光平视，走路的步伐迈得与众不同。他猛然站起，惯常的动作没变，把一绺滑到额头上的头发又往后甩。他手拿着一张信笺纸一本正经地念着："为搞好这次改寨工程，我们成立了工程改造指挥部，金贵哥任指挥长。分为两支工程队伍，一支搞建筑的由六叔带队，人马四十人，建竹楼四十六栋；装修的队伍由我带着，人马四十五人，装修老房五十二栋，10月份完成任务；八弟负责后勤调运钢筋，九爷保证加工材料供应。"七哥还加重语气强调，"大家一起整寨子的事，不计报酬，义务劳动。男男女女一齐上，一个都不能少。我们要像当年在小山村种树那样打硬仗。"他说到打硬仗的语调提高了八度。七哥当上了副社长，一夜间变得会说话了。他还说："男女搭配干活不累，男女搭配的人员全弄好了，干工程期间不准任何人请假，宣布完毕。"一阵凉飕飕的清风吹来。倏忽，一颗流星从夜空划过，拖出一道耀眼的光亮，大家望着天际嘘嘘嚷嚷叫出声来。紧接着金贵把名单表分发给大家。秀梅和堂嫂也来参加动员会，孩子大了，腾出手了。秀梅一看名单表，她俩被分到七哥的装修队。金贵召开动员大会，正抓住了时机和火候，社员们也有一种渴望和需求。

　　金贵发动大家建筑自己新的竹寨。最大的内生动力是改变梭罗寨的面貌，这是梭罗寨亘古未有的大事。因而获得社员们的积极响应。开工之前，金贵叫八弟先拍下梭罗寨的旧貌全景存档，今后做个村寨变化的对照。八弟从惠州带回一部高档的相机，他喜欢拨弄这玩意儿。这天早上，六叔带领他的建筑队进场了，他将十人划为一组，每一组包建一栋竹楼；七哥带着他的装修队进场了，采用十二人一组，每一组装贴一栋砖房的竹板，实行责任管理。梭罗寨建起的砖房，都是当年靠种甜菊挣的几个钱修建，那时人们手中票子不多，建筑的住房面积不算宽大。除了九爷家堪称大户的三楼一顶的大砖房之外，其他的白墙黑瓦房都属于一楼一顶的小格式，装贴竹板容易得多。

近日，梭罗寨仿佛变成一个庞大的建筑工地，四周人声鼎沸，喧闹嘈杂。人们干活放线挖基脚，七八个男人在墙边正在搭着架子，有的站在搭好的竹架上往墙面贴板，女人们站在墙脚下往上递送。不远处有三五个男人，正在浇灌一栋竹楼的钢筋框架。大家各忙其事。

一辆大货车拖着水泥和钢筋正往寨子驶去。寨子到处都是人声喧嚣和焊机操作发出刺耳的混合声音，工地上锯子的吟唱声和锤子的敲打声此起彼伏。八弟爹向寨口走去，约莫二十分钟，他站在寨口那棵枫树下，回眼望着夹在两座大山中的梭罗寨。他略懂风水学，寨子两边都是山，对面也是山，从山形走势，令人看不出什么联想的象征。只有耸立在屋后竹林那几大块的怪石，岩石的神态，倒像一个老人撑开口袋接东西的模样，有的说这是接财喜，栩栩如生。从远处看逼真，惟妙惟肖，走近又变样了。再往北边就是奔腾的梭罗河了。老人眺望着坝子，两边坝上到处长满青翠的黄竹。竹林向东延伸，把四周拥围的竹林连成一起。他记得有个过路的先生曾经说："你们梭罗寨山形生得好，左青龙，右白虎，但只出富，不出贵，有点欠缺。"先生几十年前说过的话，这话有点未卜先知。因为梭罗寨出外吃公家饭的人少，出贵人少，只有秀梅盘她那个兄弟出了头，如今在一所大学当了副教授。当然更谈不上出什么人物和达官贵人了,过去的年代没有,现代的社会也没有人冒头。

秀梅爹拄着拐杖也走到寨口,两位八十多岁的老人不约而同在寨口碰面。寒暄几句,二老往日没有多大隔阂,只是在做后生时,秀梅爹攒过他和七哥爹的暗劲。他俩伫立打望,八弟的爹说:"老哥,这样的打扮,真像一个寨子啰。可惜金贵爹早走了一步,没有看见了。""亲家早走一步,我们也快啰。"秀梅爹说。"你身体这么扎实,不要乱说话。"八弟爹说。一会儿他俩坐在那棵大枫树下,八弟爹望着枫树,他又说:"老哥子,你还记得这棵树的命吗,那年没有你阻拦,这棵树就没命了,早被七哥爹带人砍去炼钢铁了。""七哥爹不是人,得罪寨子人最直意。那年成苦了你和金贵爹。可是我没有呼过你们的口号哦。"秀梅爹婉转地说。"就算呼过也不会怪你的。"八弟爹说。二老扯白一些陈年旧事。两人拿着短烟杆,从烟袋取出烟丝装进铜窝里,八弟的爹动作快,打火机点燃吧嗒吧嗒抽起来,吐出的烟雾飘进阳光里,变成弯弯钩钩的金色雾丝。秀梅爹的烟铜窝后点燃,两人抽着烟,沉默一会儿。

"老哥,你说,一个寨子是出富好,还是出贵好?"八弟爹又出题了。"哪有你这样问话的?"秀梅爹说,"当然富贵双全更好。"

"谁都想富贵双全,但我从来没看见哪个人富贵双全过,那是哄人的鬼话。"八弟爹说。他俩一边抽烟一边扯起话题。

八弟爹说一个寨子要出富才好,他昨晚上睡在新修的竹楼上安逸又舒服,心里就想了很多事。当着秀梅爹的面,他夸起金贵。"我们梭罗寨能有今天的样子,明摆的,因为出了个金贵,是他带头种上竹子,家家户户跟着他干,寨子人的日子才逐渐好了起来,年轻人买起了车,修起房。假若是出个当县长的官儿,他也顾不上帮你办这么大的事儿。"八弟的爹当面对金贵的夸赞,秀梅的爹心里当然高兴,婿是半边子,他晓得,金贵给他家很多帮助。秀梅爹只顾抽着烟,不吭声。

八弟爹又说他女儿嫁到一个叫黄金坳的寨子,听说这地方曾经挖得一大坨黄金。寨名让人羡慕流口水,其实是个穷得叮当响的山旮旯儿。"这个寨子了得,出了好多在外做官,当科长、局长的,还出一个在外省当厅级的大官角色。那些出门当官的人,在众人面前,光宗耀祖。但是谁也没得到他们半点恩惠,他们没有给寨子做过一件有益的好事。结果,留在寨子种地的人,一辈子种不出个名堂。如今时代变了,人们都外出打工去了,最后全部搬走,田土荒芜了,寨子只剩下一个空壳。我叫大女儿家搬到梭罗寨住,叫他们帮我管理竹林。""人家搬走,是搬到城市生活去了。日子过得比我们还要快活。这是另外一种活法。不能说不出富。"秀梅爹说。二老为富与贵的是非曲直争执起来,八弟爹认为秀梅爹开他的黄腔,谁也说服不了谁。八弟爹又说:"你看下游不种竹的寨子都空了,只有青龙寨,龙家寨,还有蛤蟆寨保住了。你说是富好,还是贵好?"

八弟爹这么比较,秀梅爹沉吟半响,没话搭白了。二老闲聊半响,太阳拔高了,寨子干工程的人都回家吃中午饭去,二老才慢步走回家。

工程改造,本身是件好事,随着工程进展,寨上的纠纷逐渐多了起来。七哥远房两个侄子分家后,共同在原来相连的老宅基地修起房子,但在画线建竹楼时扯皮了,女人小见,在利益上没有兄弟情，互不相让。金贵调解，他双手捧着石灰画出中间线，老大的女人还是不依从。金贵冒火了，他叱责道："你两家不服从调解，下次自己出钱再建吧，不要耽搁活路。"他俩兄弟见势不妙，看见金贵发火了，当场拿出态度，挥动拳头压住自己的女人，工程才得以继续下去。在工程进展中，也出现个别人家刁难工程队的怪事。某家觉得贴板的质量不好，线条不对称，要求返工。竹楼修低了，有的要求增加高度。个别故意刁事的女人找到七哥，七哥态度硬生生的，没有给好脸色，照干他的活，不予理睬。她们只好找到金贵。金贵忙得跑上跑下，八弟爹看在眼里，主动出山帮金贵揽事调解，排除干扰。

整个改造工程推进很快，暑热的7月天，人们冒着热浪日夜加班加点干活。很快，一栋栋竹楼盖起来了，一幢幢砖房穿上了浅浅的黄色竹衣。它以另一种原始的靓丽展示在人们的面前。

这天中午，金贵正忙碌，堂嫂家的大哥来了，他走进办公室，便直奔主题说："金贵社长，我们青龙寨也要改造古村落。"金贵说："你们愿意出钱吗？"堂嫂家的大哥还蒙在鼓里，他说："上面不是拨有专项资金吗？""没有这回事的，梭罗寨的改造都是每家每户筹资，不足部分由理事会基金补助。"金贵说。堂嫂家的大哥一听上面没有资金扶持，他用怀疑的目光盯着金贵，不吭声了，好像有些犹豫起来，用手搔了搔脑壳在想事。"叫农家户出钱恐怕难办哦。"他说。"不要急，社员没有想通的事暂缓一步。"金贵说。金贵还把发展竹业旅游规划一五一十地告诉他。"让梭罗寨先走一步，带动起来了，再往你们下游的村寨延伸。"金贵说着，又提醒他，"合作社划给你们卖竹提留的钱不要乱动，今后就用这个钱对改造户进行补助。"

金贵问他们账上还有多少资金。堂嫂的大哥说:"还有二十多万元,都存在银行里。"

金贵说起他创新的这种叫内生动力的造血模式:"社员生产的东西不愁卖,卖得脱,又增加了收入。合作社经济也有一定的积累,并且逐渐壮大,有利于集中力量办大事。这次梭罗寨的古村落改造,合作社基金发挥了很大的作用。"他又说,"没有基金的投入,梭罗寨的改造工程恐怕干不起来。"

他俩正在摆谈有劲,八弟一身的灰垢来到办公室,他对金贵说,调钢筋水泥的钱还少点,没有钱出不了货。金贵马上给七哥打电话。一会儿七哥急急忙忙地从工地赶回来,一脸尘土,看见他堂嫂的大哥也在办公室,忙拿出香烟递上。金贵对七哥说,再拿二十万元,给八弟买水泥和钢筋。说他和九爷核算了,仅靠每户投三万元不够。七哥与他这舅子打着招呼,刚说上两句话又不停歇忙和八弟办款去了。金贵转过身对堂嫂家的大哥说:"我们已经投了六十多万元了。"堂嫂家的大哥动心,说他们也要改造青龙寨。"别急,等我们弄出点眉目了,再干。你们寨子小,好整。青龙寨和蛤蟆寨只有三十多户,改造的工程量不大。"金贵说。

三个多月"白加黑"的苦战,梭罗寨的改造工程终于完工了。梭罗寨那种干事的"狼性",古村落改造打了一场硬仗,又是一次很好的展现。完工最后一天,全寨人出动清理残留的建筑垃圾,打扫战场。金贵望着建起的一座座漂亮的新竹楼,情绪又高涨起来。大家一直干得很辛苦,他特意叫人杀了一头大肥猪,安排全寨子男女老幼打一餐平伙,这是金贵做事的惯例。

当天夜晚,老天爷恰好下了一场大雨。一夜间,寨子路面被冲刷得干干净净的。小山村种树曾经出现过这种气象。今天刚建好竹寨,当晚就下起一场大雨,这是一种天意,仿佛给新的竹寨举行仪式。

两天过后,金贵在办公室忙事,他和七哥在办公室对账结算。"原贮存的竹料已经用去大半了。"七哥指着出库单上数字说。又开始整理着账目,手中计算器按个不停。一会儿放下计算器,他告诉金贵说:"投资总额出来了,一共投了三百六十万元。合作社的基金投了一百七十万元。这工程干得好苦哦,终于干成了一件大事,等于新建一座竹城。""是哦,还有很多事待明年再做。"金贵说。七哥不解他的意思,问道:"金贵哥还有大工程干吗?""当然有啰,"金贵说,"下一步要把大家动员起来,从家里的摆设配套,以竹'统天下',每家每户从吃饭的碗筷开始,都要用上竹碗竹筷,室内的摆设,都要摆上竹杯、竹床、竹篮、竹沙发、竹桌、竹椅、竹斗篷等,突显竹寨特色。"

他还说做旅游,就是让人们看没看见过的东西;还有坝子和月亮山的竹海都要打扮,在竹海中要修竹亭。最大的动作就是把梭罗河水库的水引来,利用天然的落差,把水流变成大瀑布。这里有竹海,竹寨,大瀑布,从而变成令人神往的世外桃源。金贵一口气说出心中的宏伟蓝图。七哥听了,一时感慨万千,他好像捡田螺遇上了好伙伴。在他心目中的金贵,好像一头牛闷鼓闷鼓地干活,永远不知道疲倦,而且每天大脑都在想事。在干事中,无论遇上多大的困难,他都想出办法化解,天下没有他干不成的事。从他两片肥厚的嘴唇和一双炯炯有神的眼睛,给人一种诚实和善良的感觉,给人的是一种信任。七哥也自我反思,只怪自己没有那个视野,有时候对形势发展认识往往跟不上趟。金贵自我宽慰，眼看正朝着目标一步一步接近，心里有一种迫不及待的紧迫感，好像浑身有股使不完的劲儿。

这天，金贵正在办公室里算账，却耳根发热，眼皮跳动厉害。在回家的路上，突然看见路边草丛中有两条锄头把粗的菜花蛇绞在一起交媾，他一时惊吓退后两步。他去寻找东西，却抽起路边围菜园的一根篱笆桩，紧握在手，转身向前跨了几步，草丛中两条菜花蛇早已逃之夭夭。金贵吓出一身冷汗。他晓得这蛇物的交媾是不能看见的，这是晦气，这是不好的征兆。据说是神灵显身，告诉寨子要招什么大祸事来。金贵暗自恐慌几天。他不曾想到，这厄运降临的不是别人，正是降临在秀梅身上。五天过后的一个夜晚，秀梅睡到半夜，突然发起高烧，紧接着"哇"的从嘴里吐出大口的血，脸色煞白，昏了过去。金贵明白，秀梅曾经发生过这种急病，但两次住院都抢救过来了。他给七哥打电话，又打八弟、九爷的电话。一会儿，他们都赶到了，秀梅爹妈也赶到金贵家，金贵妈急忙起床，小竹筒还在熟睡。"秀梅恼火了，金贵哥，赶快送县医院。"七哥说。金贵把秀梅从床上抱起。

"八弟赶快开车。"七哥急促地叫喊道。他们一起把秀梅抬上车。夜深了，八弟驾着车在通往县城蜿蜒曲折的公路上疾驰，一路上，八弟在为秀梅挣命，车上金贵把秀梅紧紧抱在怀里。七哥开着车带着九爷随后跟上。

梭罗寨相距县城有两个多小时的车程，翻山越岭的，金贵在车上不停地对秀梅说，叫她要坚持住，马上到医院了。秀梅的身子软如一团棉花，两眼闭着，呼吸短促。车子送到医院，天刚亮，正要送进抢救室，秀梅在长廊上又吐出大口的血。医生还来不及抢救，秀梅就停止了呼吸。医生说她得的是白血病,送晚了。

金贵抱起秀梅放声痛哭,一切来得太突然了。他当天又把秀梅从医院拉回家里。小竹筒看见秀梅僵硬地躺在竹床上,紧闭着嘴巴,苍白脸上遮盖着一张蜡黄的纸钱,便趴在秀梅身上哭啼呼叫:"妈妈,我要妈妈。"前天她还带着竹筒背起书包,送竹筒去寨上的学校。没有妈妈了,小竹筒急促的哭叫声让人撕心裂肺。秀梅爹拄着一根拐棍站在地上不动,望着女儿,他流泪了,这是白发人送黑发人。老人哽咽地说:"应该让我们先走,你年轻留下过日子。"老人用衣袖不停地擦揩脸上的泪水。他在大学教书的儿子接到金贵的电话,连夜从南京赶回,他是秀梅辛苦盘出头的。回家看大姐最后一眼,坐在秀梅躺着的竹床旁痛哭不已;秀梅妈也呼天抢天地痛哭着,她和金贵妈在堂屋哭成一锅粥。料理后事,堂嫂流着泪和一个中年的阿雅(大姐)帮洗着身子,脚盆里放着桃树枝和艾草,让她干净着身子乘鹤仙去。夜晚,又是美云道士给秀梅超度亡灵。

第三天早上,梭罗寨男男女女把秀梅送上山,小竹筒给他妈妈披麻戴孝。小孩懂事了,心里知晓妈妈已经离开人间了。小孩戴着两尺多长的孝帕,深一脚浅一步脚地走在前面,扛着为妈妈西去引路的纸幡,纸幡飘飞。寨上"八大金刚"抬丧的男人,他们抬着棺材,爬上一道高坎,一阵苍凉的哦嗬声响起。老人们哭声连连,场景十分悲凉。一路刮起的风声仿佛在给秀梅唱着挽歌送行。去年金贵的父亲刚去世,今年,正当他在合作社干事起劲时,秀梅又悄无声息地离去了,丢下他和小竹筒,还有八十多岁的老母亲,金贵的精神彻底崩溃了。第二天下午,金贵忍不住对秀梅的挂念,又跑到山坡上的坟墓前哭泣,呜咽不止,哭得肝肠寸断。他站在坟前像变成另一个人似的。四周静悄没有任何的声响。半个时辰过去，离开秀梅的坟墓，刚走几步，金贵不忍又回头张望。太阳快落山了，夕阳垂挂山顶，斜晖映照得对面寨子几家的玻璃窗户仿佛着了火一般。天空露出一抹晚霞，金贵带着忧伤缓缓地走下山头。一路上，他意识到：秀梅突然离去，对他又是一次严峻考验，自己真有些扛不住了。

第十九章

　　天色变了，老天又下起细雨，一连三天都是坏天气。雨还在凄凄切切地下着，不紧也不慢。金贵还没有从悲伤的阴影中走出来，躺在床上，从早到晚没有吃下一颗米，可急坏了他老妈了。老人走到他床前说："崽儿，你再挂牵，秀梅睡在山上也回不来，别把身子弄垮了。"他老妈流着泪水安慰着他。金贵睁着眼睛，望着天花板发呆，秀梅影子时而在脑中浮现。人已走了，当他转眼看见床架上还挂着秀梅几天前洗得干干净净的衣服，陷入痛苦。人一到悲痛，过往的事令他浮想联翩。这两年家运不济，不知触犯什么凶煞。去年父亲刚去世，今年秀梅也走了。金贵想着想着，眼眶又落下几颗硕大的泪珠。一会儿他从床上爬起来，想起小竹筒。

　　"妈，小竹筒还没放学？"他问道。"你堂嫂接走了。"他妈说着走下楼煮饭去。堂嫂想得周到，她怕小孩突然不见妈妈生慌，特意把小孩接到她家去住，让竹筒与东瓜一起玩耍，慢慢把想念妈妈的悲戚抹去，愈合孩童心灵的创伤，让东瓜和竹筒做伴。

这天晚上，八弟爹来看望他，老人意味深长地说："金贵，你要想开点，你再挂牵，秀梅也活不回来了。人生在世哪个都有欠缺，无非大小而已。"他正在说着话，七哥和九爷，还有寨上十几个男男女女一起登门。往日，他们来到金贵家，秀梅贤惠，总要弄点吃的款待大家。一个活鲜鲜的人说没就没了。金贵坐在竹椅上，愁眉苦脸的，像只失去伙伴的孤雁。一种恻隐之心油然袭上大家的心头。七哥说："金贵哥，秀梅嫂命短，你别想她了。每当念起秀梅嫂，我就想起在小山村种树，她和堂嫂大热天满头大汗挑着铁桶上山给我们送饭的场景。"七哥说着，眼角潮湿了。他又说："金贵哥，你不能垮，合作社这么大摊子都靠你撑着。"其实他心里有事要对金贵说。

"金贵兄弟，你是梭罗寨的一棵大树，不能倒，也倒不得。"九爷说。紧接着大家你一言他一语地相劝着金贵。他们说出的安慰话儿烙在金贵的心里，仿佛去缝补他那道正在流血的伤口。挂在天边的下弦月洒下淡淡的光华。夜深了，白天还要干活，该说的宽慰话都掏完了，安慰多了反而对他是一种伤害。大家带着怜悯的心情默默离开。

众人离开后，七哥告诉金贵一个坏消息，说："纸业公司收购价格有所变动，要降价，他们叫你马上到公司谈。"金贵一听这销售大户要动价格的消息，心里感到不妙，他还没有从悲痛中解脱出来，又冲来一股浊浪，与他痛伤而复杂的心理交织一起，心头好像突然被两座大山压着，压得他喘不过气来。他明白这一动价格，涉及百多户人家的种竹利益。他一直与市场赛跑，加工项目的起步，直到竹业旅游的启动，一心想把主动权抢在市场的前面。

金贵明白，这是天大的事，一种责任的担当涌上心头。第二天早上，他把失去亲人的痛苦甩在脑后，强压着痛苦，立即叫七哥和八弟，像当年到小山村种树洽谈合同一样。八弟和七哥轮流开车，车子经过一天的奔波，赶到纸业公司，感觉到气氛异常，那个当头的李副经理热情接待，脸上泛起的笑，勉为其难。果然，一到办公室谈合同价格，他说事也没有弯弯曲曲，且照直地说："今年公司受到环境整治，造纸企业排污改造工程投资大，生产规模有所压缩。原签订的合同不能履约了，今年的货单只能暂签一千吨。"当谈到吨价，他一开口就降到六百元，并说没有讨价的余地。他还说，井冈山的毛竹送货上门都不收。言下之意，他们还算关照的了。

金贵听了报价，心都凉透到脊梁骨，合同要不要签呢？竹价一落千丈，从原来八百多万元的销售额，瞬间降至不到一百万元，他心理上难以接受，他们不禁相互交换脸色。七哥听到这个价，他跺脚简直要骂娘了。八弟对金贵说合同还是要签，对现有的客户不能放弃。市场变了，今后不可能出现销售上几百万元的大户了，市场上也不可能有过去竹的价格。金贵犹豫半天，举棋不定，细想了好久，最后还是听取八弟的意见，勉强签下合同，心里很不愉快。

在回来的路上，金贵感到疲倦和无望，且坐在车上垂头丧气。想着刚做起八百万的销售额，一转眼就没有了，不由人意，像迅雷一样突然消失无影。市场的残酷无情，好像一阵猛烈的恐惧扑面而来，已将过去的信心和勇气赶得精光。想着想着，眼睛滚落几颗硕大的泪珠。七哥看见金贵流泪了，叫八弟把车开到前面服务区休息。"金贵哥，哪怕天塌下来，我们一起顶着。"七哥安慰金贵说。"回去怎么向种竹的社员交差和解释呢？这棵销售的大树突然倒下，社员的竹子销不出去，社员又要挖竹骂娘了。还有刚带上路的三个贫困村寨。"金贵说。心想着眼看快要上岸了，谁料一股恶浪滔滔向他扑来。前两年竹子滞销，阴差阳错遇上八弟的三姑娘给解了围。可是今年没有那个时运了，砍伐竹子时节临近，纸业公司突然变卦，打他一个措手不及，不禁感到惶恐不安。七哥说："是否绕道找朱总帮下忙？"八弟说："这是大气候，估计哪家都没有好的日子过。"金贵说："回家吧，今后再联系。"他们在服务区休息半个小时，又马不停蹄地连夜赶回梭罗寨。这一夜，金贵睡在床上翻来覆去睡不着，想着白天黄竹的事儿。又翻过身来，在他脑子里翻腾着凌乱。一会儿迷迷糊糊的，睡意爬上了眼睛。也许白天日有所感，在睡意中，他做了一个乱七八糟的噩梦，梦见三个寨子的人拿起柴刀在竹海里砍竹，有的拿起锄头在挖竹笕，他急忙跑上前去制止，并大声叫喊："不要挖竹，不要挖竹，这是我们的竹海，我给你们钱。"众人照常挖竹不停。他们说，竹价低了，我们不种竹了。他突然看见秀梅也在砍竹，他走上去叫秀梅，又不见人影了。望见大片竹林倒下，着急了，赶紧上前去与一个中年人抢沙刀，在抢沙刀时发出紧张的叫喊声。醒来额头上冒出一层冷汗……清醒后，他最怕这梦境成真，真怕变成现实的毁竹场景。

次日早上，三人在办公室商量对策，八弟说，通过他的渠道，对外销售仅有十二户散客。九爷接到金贵的电话，走进办公室。发现金贵和七哥阴沉着脸,脸色不好看。九爷刚坐下,金贵直言告诉他,说今年行情不妙,又遇到难题了,纸业公司不收我们的竹子了。他问加工竹类产品市场销售前景。九爷说:"销售额不算改造工程那一块,大概有个两百多万元。竹地板销售还行,建起竹楼样板房发挥了作用,堂嫂家老大到车间看过货。"他说青龙寨三十多户要建竹楼。金贵一听,说:"青龙寨动手了,看来我低估了他们,堂嫂家那个老大曾经找过我,我还说暂缓行动。"九爷还说:"办公室用品,县城那家代理销量还行,在打电话催货。"九爷说贮存的竹料不多了。金贵说竹料不够,先把陈老板收购贮存的竹料用了,以后再说。金贵心里有个大胆设想,万事求人不如求己,他知晓在关键时刻自己垮不得,瞬间又重新振起精神,他毅然决定准备到银行贷款收购竹子。

金贵说:"今年我们要跨过这道坎,我打算这样运作。一是先到银行贷款四百万元的流动资金,把社员的竹子收购起来。二是合作社统一吨价收购,平衡价格。给社员的保护价,吨价不低于一千元。保持亩值三千元收入,保护社员种竹的利益。做一年亏本生意过渡。三是价格的差额由今后竹业加工厂利润补上。今年这盘棋只能这样下了。你们意下如何?"

八弟说:"金贵哥,你那价格差的平衡,我明白你的意思,恐怕要补贴好多的钱。不然,凡是出价达不到价位的客户免谈。要有个底线,否则补不起。""你八弟看着办,这事尽快落实。"金贵说。

贷款收购的风险冒得太大了,四百万贷款可是个天文数。七哥说这是疯狂之举。"七哥,不冒也得冒,只有背水一战,我们撒手不管,这几年就白干了,弄不好社员真的马上挖竹。你说哪次做事我们不是在疯狂,在冒着风险干?"金贵说明天他就去找石行长协调贷款。他又对九爷说:"贷款四百万元收购的竹子,若是加工厂能挑起五百万元的产品销售额担子,那就平稳过渡了。"九爷说:"金贵兄弟,这个数恐怕很难,但遇上事了,大家一起想办法,从困难中找出路。"金贵又说:"今年理事会提取的基金降低,以后再补,共同渡过这个难关。"金贵遇到难题,就有种果敢处理的魄力。这贷款冒险的举动,往往超出人们的预想。

降价收购最大的难度是要说服社员,金贵和七哥来到梭罗河下游的两个种竹贫困村寨做工作,还有龙家寨。每到一个村寨,金贵把竹价下跌,市场疲软的实情向社员们解释。他们到了蛤蟆寨说服,一个中年的社员:"金贵社长,种竹刚刚上路,竹子又卖不起价了呢?今后怎么办哦?"但大多数社员还是通情达理。他们又去了青龙寨,当他和七哥来到青龙寨堂嫂大哥家,七哥这个舅子听金贵说今年竹市不好卖,他不仅不出难题,反而非常支持。他说东西的买卖,要让人家从荷包里肯掏钱的事,谁都打不了包票,我会去向社员解释的。他说今年春笋好卖,已经卖得一万多块钱了,按照你说的这个竹价,竹和笋的钱加起来,竹款拿到七八万块钱收入就满意了。他对金贵说:"金贵社长,不用解释了,因为你从来没有失信过,说话算数。我们相信你。"他说着,又说起改造古村落的事。"你们梭罗寨整得漂亮,大家都去参观了,社员发动起来,一致赞成出钱改造青龙寨。照你说那个意思办。"他说。快到晌午了,金贵和七哥在他家吃的中午饭。

谁都不曾想到收购的难题出在梭罗寨。当天晚上,金贵和七哥在合作社的场坝上召开社员大会，当七哥公布了合作社收购价，会上社员吵闹成一团，大家七嘴八舌："竹子又卖不出价了。"有的社员小声嘟哝说。金贵家那个满满听到七哥公布的收购价，倏地站起散布不满情绪，说他粗略算了一下，起码少收三万多元钱。一贯爱说消极话的巴拉云，他家种有二十多亩的竹，这个老油条，那张嘴巴子又乱煽："又要挖竹了，又变甜菊了。"还说些嘲讽的话。八弟爹马上站起来打圆场："我看金贵很尽力了，不要为难他。大家都晓得，秀梅刚过世，他忍住痛苦担着事。没有这个合作社，哪有现在的新竹寨？遇上事了，大家一起扛。哪有年年抱崽笑的好事，不要去计较收多收少的纠葛。少收几个钱又怎么样了嘛？"老人几句话，不慌不忙的，一下堵着那些爱说牢骚话人的嘴巴，暂时把场面镇住。金贵说："我们再熬一下，只要把加工的产品走上规模化，这几千亩竹子就好办了。目前的困难是因为加工厂刚起步，胃口还小，消化不了这么多的东西，还要依靠外面客户大量买我们的竹子，市场的话语权还不在我们手中。我们只有这样干了，望大家理解和支持。"会场上烟雾弥漫，一个老人连续猛咳嗽几声，有个中年妇女抱着小孩在会场走来走去。

　　社员们不吭声了。六叔坐在一把圆形的矮竹凳上，他也是个听不得杂音的人，刚才两个社员叽叽喳喳又磨起嘴皮，他听得不耐烦了，猛然站起来，说："金贵的话都说到这个份上，市场没有过去的价了，不能逼公牛下崽嘛！几年艰难的路都走过来了。八弟爹说得对，少收那几个钱又算啥？只要我们的竹园还在，我们的家当还在，找钱的路子就不会断。"七哥和九爷眼见时机到了，他俩站起来发声了，九爷即兴所言，力排众议；七哥有些激动,又有些冒火。他说:"秀梅嫂刚上山,纸业公司降价了,金贵哥忍着悲痛带我们去谈判。对方封了价,在回来的路上,金贵哥一路流着泪水回来的,谁不想要个好价钱?合作社是大家的合作社,不是我和金贵哥的合作社。遇到事了,需要大家拧成一股绳,需要的是团结,需要的是小山村种树的精神。"七哥这番话算上了章片,一说到秀梅去世,大家心软了,心情渐渐平静下来,会场上静默无声。又过去三十多分钟,社员们打破了沉默,好像堵塞的那条血脉忽而疏通起来,一个个纷纷站起来表态:"金贵社长,我们听你的。"场上气氛又热烈起来。正在热烈中,夜空掉落下几颗雨,又马上下大了,人们欲言而止,急忙起身向合作社大楼奔去。

后来金贵自我认识:这不怪社员们,每年定势收入形成了惯例,合作社的收购价让社员口袋里随即少了钱,情绪表现是一种心痛相惜而已,说不心痛,那是假的,这很正常。

收购堡垒被攻破,但最大的问题是银行贷款。万一银行不肯贷款又怎么办?这天上午,金贵硬着头皮登石行长的门,他在办公室向石行长第二次开口要贷款的事。他把流动资金贷款申请放在桌子上。石行长说:"目前贷款上面管严了,贷上百万元的流动资金要由上面批。你金贵社长的事,我不会卡壳的,按程序办,先往上面报批,听候通知。"金贵坐在办公室静默,觉得不放心又问石行长,要多少时间才批得下来?石行长说估计不准。石行长的话包含不肯定的水分,语气犹豫。他只能等待。金贵忽然想起,应该把他办公室改造一下,怎么就没有想起呢?忙糊涂了,只想到祝乡长,他真没想到石行长。金贵正在想着事,石行长却给金贵递上一支香烟,金贵说不会抽。石行长自己点燃手中香烟悠然地抽着，倒提起秀梅去世的事，向金贵表示歉意，说当时他在外出差，没到家里看秀梅最后一眼，说了几句安慰的客套话。一提到秀梅，金贵脸色阴沉起来。

下午，金贵焦躁不安地从小镇回到家，家里显得空荡荡的，只有他母亲一人孤独地守着。自从秀梅走后，他母亲每天坐在院坝里，怅然若失，两眼望着远方的大山，脸上的忧愁越来越浓。金贵想着，若老爹还在，两位老人生活上有个伴，相互照顾，每天和竹筒共享天伦之乐，谁知他爹也先走了。

家里没有秀梅的身影，突然变得死气沉沉。金贵回到家里很不习惯，他坐在竹椅上痴痴地发呆。脸上的表情复杂，有时又在想着事，脑海里在翻滚。一到晚上就睡不着觉，一闭眼，秀梅似隐似现的影子在眼前晃来晃去。有时又在想着合作社的事儿，长夜难眠，一时间脸颊消瘦起来，头上也长出了好几根白发。

第二天早上，他去办公室，一旦投入合作社的事，一旦忙碌起来，那些痛苦又抛在脑后。八弟在销售上唱主角，他坐在电脑前面给金贵说："客户意向性要货四千吨，但销售的吨价始终上不去，每吨与定的收购价相差两百元上下。10月份要货两千吨的老客户没有回音，市场不大乐观。"金贵提醒八弟，叫他把过去在沿海的老关系户梳理一下，寻找竹产品出口的渠道。心里想着，他希望再有"三姑娘"奇迹的出现。八弟说："这事我正在做，出口业务做不得，也不敢做，我有教训。做国内业务稳一些，我正在联络。"

秋末冬初，时节早已在针叶林和阔叶林之间划出了一条鲜明的界限。阔叶林里的叶子像飘落的云霞在树林里闪烁着红红的星点，青翠的绿色已逐渐被苍褐的黄色代替。但这里的竹海四季常青，不受四季分明时节染色，依然郁郁葱葱。下午，天下雨了，金贵打着雨伞又到加工车间找到九爷，他正在与李师傅商量新产品开发的事儿。金贵和他走出来，走进车间办公室，金贵说从今年开始，社员交上的竹子由加工厂独立收购，独立核算，掌握成本，并叫他抽出专人负责验收。金贵像下赌注似的，把一切希望押在加工厂的身上。金贵又交代，叫他给石行长的办公室送套沙发。九爷说只剩下五套了，明天马上送去。九爷还说，他和李师傅正在开发适合不同层次消费的新产品。要开发让老百姓买得起的竹制产品，走进百姓家庭。已经开发出几款主打的产品，市场潜力大，仅靠公家消费还不行。他说做了几套学生的课桌样，昨天已送到学校。九爷开始动脑筋了。

金贵忙乎几天的事，但他最担心的还是那贷款能否批得下来。他又打石行长电话，得到的回答，还是等待。雨越下越大，烟雨蒙蒙的，一下就是半个小时。涨水了，小沟里涌流一股浑黄的浊水向山谷滔滔奔去。金贵在屋里躲着雨与九爷说着事，在雨水迷茫中显出沉重的神态。

进入初冬，原订有合同的散户陆陆续续来到了梭罗寨进货。每年到了这个时节，梭罗寨人最繁忙。就像秋天收稻子一样，起早贪黑，上山砍竹，坝子和月亮山上到处都是伐竹的人们。坝上的产业路两边又堆起一座座像小山似的竹子。车子在坝上来来往往地拖竹，寨子还驻扎二十多人专门帮砍竹的打工队伍。

这天祝乡长突然来到了梭罗寨。原来她到苏州挂职，一走就是三个多月。她临去苏州学习之前，事先把金贵那份改造古村落、发展竹业旅游的报告送给刘副县长。尽管与金贵有过争论，但也不算争论，说归说，她还是把那份报告往上呈报。这次，她从挂职地回到县城停留两天，就急忙去找刘副县长。当她跨进房门，刘副县长一眼见她，说："你送那个报告写得好，已列入全县第一批古村落名单报省政府了。我一直在等你回来研究一下。梭罗寨竹林发展真有这么大的面积吗？""漫山遍野。"她说。"难怪组织上派你一个姓祝（竹）的女将去管事。忙过后，我们一起到梭罗寨去看看。""不然，明天我们一起去？"祝乡长说。刘副县长说这两天正在忙，改天再去。

今天，祝乡长打扮格外时尚，穿着一件蓝色的运动服，身材匀称，她那张圆圆的脸形，又化了点淡妆，显得更加充满活力。她走进合作社，一见金贵，开口就提到梭罗寨古村落一事，她说县里已报到省政府了，刘副县长最近要到梭罗寨来调研，叫金贵事先有个准备。两个消息对金贵是个极大的鼓舞，他心里明白，古村落申报成功，这竹海旅游业就有了希望。

金贵说："梭罗寨的古村落改造完工了。"祝乡长一听，顿时大吃一惊。"怎么改造工程就做好了？"她迟疑地问道。"先进寨子看看吧。"金贵说着，他叫八弟准备相机，金贵成熟了，懂得给领导留下脚印和身影。他带着祝乡长进寨，走到枫树下停步打住，金贵手指着这座尽收眼底的新竹寨，说："我们发动社员，连续苦干了三个多月，拿下这个改造工程。"祝乡长望着竹寨出神。一会儿她转脸对金贵说："干得漂亮，这简直是个奇迹。你们的动作太快了，真佩服你了金贵社长。"走进寨子，她感到不可思议，问金贵从哪里弄得这么多钱改造。"都是社员自己出的钱建的，合作社适当补助。"金贵说。她走上了一家竹楼，八弟连忙给她拍了几个镜头。一看整个楼都是竹料建起来。上下左右环顾，她心里还联想，自己有一座竹楼居住该多好。金贵又带她到九爷家参观，九爷家里的室内摆设都是竹制品，连吃饭的碗都是竹碗。祝乡长拿起精美的竹碗观看会儿，她说这样的创意有特色。金贵告诉她，这是为发展竹业旅游创造的条件，今后每家每户都是这个样子。"走，到你家吃饭去，好久不见秀梅嫂了。"祝乡长说。金贵不说话了，掩饰不住脸色阴郁。"怎么不高兴了？"她看金贵一眼说。这时八弟悄悄告诉她，说秀梅半个月前去世了。祝乡长听了惊呼："你说什么？秀梅去世了？"她几乎不相信，她说，"这怎么可能呢？"她凝神望着金贵的脸，金贵仰视天空，眼里落下泪花。祝乡长悔不该说话欠妥，失语了，揭了金贵的伤痛。但她真不知道金贵家里发生了这么大的事。金贵转过脸说："今天我们就在堂嫂家吃饭。"九爷回来了，他拎着一个绿色的袋子，袋里装着三个浅黄色的竹碗。是金贵打他的电话，叫他给祝乡长准备的。

小竹筒一直在堂嫂家吃住，放学回家吃中午饭，看见了他阿爸，大老远跑过来扑在金贵的身上叫喊："阿爸。"一双眼睛怯怯地盯着身边的祝乡长。金贵说这是祝阿姨。祝乡长动情了，女人心软，弯腰抚摸着小竹筒的头，眼睛湿润了。

第二十章

　　这天上午，刘副县长和他的秘书来到了梭罗寨，祝乡长随同。他们不打电话惊动金贵，径直沿着小道走进竹林，竹林中夹杂着十几棵深绿色的棕榈树。一阵冷风刮起，寒气恣意逼人。一片片青翠的竹林把刘副县长吸引住了，他由衷发出感慨："官僚了，真不知道梭罗寨种了这么大面积的竹林，今天才识'庐山'真面目。"祝乡长带路沿着竹海绕了一圈，然后从后山走出。又驾车顺着梭罗河沿岸前行，驶入十里竹海绿色走廊。社员们正在砍伐竹林，有的砍竹还唱着山歌，有的高声说话。不远处，一对小夫妻边砍竹边拌着小嘴，不知在唠唠嗑嗑什么。路边到处堆满了竹子。他们下车又走一段土路，隐隐约约可见青龙寨竹林掩映下的屋檐翘角。祝乡长对刘副县长说："前面就是青龙寨，下游的这两个贫困村寨，还有龙家寨，是金贵社长输入梭罗寨的模式扶贫，种了一千余亩竹子。

种竹跨过了村界,他们都加入了金贵的合作社,大多数贫困户已经实现脱贫。""不存在跨界,都是你的地盘。"刘副县长逗趣祝乡长说。十里走廊的竹林风光带沿着河岸延伸,山上翠竹与奔腾的梭罗河交相辉映,显得十分壮观。太阳从一层乌云中钻出来了,河水在阳光下亮闪闪,河面刺眼。

刘副县长又问金贵合作社种竹投了多少资金。"听金贵说投入一千多万元,都是社员投的钱。"她说。行走了半个时辰,刘副县长下乡惯了,走路脚步迈得轻快,祝乡长跟不上趟了,走得满脸通红,喘着粗气,他们用脚步丈量绿色走廊。在走回梭罗寨的路上,祝乡长忙着给金贵打电话。金贵接到祝乡长的电话,他才晓得刘副县长来了,他一惊,赶紧叫上七哥走到寨口相迎。刘副县长曾经担任过县城建局一把手,因为在城市建设工作出色,两年前,被提拔为副县长,分管城建、旅游、交通以及古村落保护工作。金贵带领他们走进寨子,刘副县长走上一家竹楼参观。在参观中,他问身边的金贵,这竹楼是谁设计的。金贵说是请来搞加工的李师傅设计的。"这竹楼设计得有水平,很有艺术价值。"刘副县长说。他走下竹楼又看了几幢改造的砖房,触摸着浅黄色的竹壁墙体,说很有创意。他站着回过神来,望见一幢幢经过改造的竹屋,古朴美观。正房与新建的竹楼瓦檐相接互融,浑然一体。他对金贵的工作很满意,满意对整个村寨的改造,并不是干那种补疤式的修修补补,而是建起了一座具有旅游价值的竹寨。

回到办公室,刘副县长听取金贵的汇报,他很认真地用笔记本记着,又插话提问。金贵在汇报中说到发展旅游中的修路问题,以及引梭罗河水库建成瀑布的投资问题。刘副县长顿了顿对金贵说:"不要急躁。"他夸赞竹产业发展干得不错。一个小小的合作社就撑出这片竹产业的天空,还带动周边贫困村的脱贫,这是一件了不起的大事,这就是壮举。他说梭罗寨古村落改造给他一个重要启示,今后对那些天天跑办公室,两眼只盯着先要钱的所谓跑项目者,一分钱都不给。他又转脸对祝乡长说:"今后项目就是这样干,先干好再给钱。"于是,他当场开口就给了改造工程补贴资金三百五十万元,又交代办理相关的手续,还谈到旅游业的发展,他说:"做旅游没有交通是不行的,从杭瑞高速过境的岔口接头上,要马上修一条二级公路直通梭罗寨。这话可以记录作数的,而且马上就要干。以后的旅游投资要量力而行,也可以先干再说。我喜欢与干实事的人打交道。"

　　送走了两位县乡领导干部,金贵坐在竹椅上只剩下激动。坚守土地干了近十多年的产业开发,第一次惊动县级领导,而且得到领导对他做事的首肯和支持,真正感受到一种温暖。金贵做事有些巧合,苦苦等待石行长的那笔贷款,两个多月一直没有动静,他不好意思再打电话追问。正在焦虑不安之时,刘副县长来了,在他走投无路的关键时刻,仿佛刘副县长是他的贵人,一开口就把补助改造工程的三百五十万资金送上门。款子不算多也不算少,但正处在节骨眼上,这是雪中送炭,算是及时雨。如何用好这笔资金,他分别打电话将七哥、八弟、九爷叫来办公室商量。七哥还在青龙寨,他说马上赶回。八弟说,客户收竹的货款已付到社员手中。

　　金贵问道:"付了多少?"

　　八弟说:"四百万元左右。"八弟又说那家纸业公司没有进货。金贵听了,心里暗自骂道:"都是些不守信用的家伙,签好的合同也是废纸一张。"九爷报告好的消息,他说他给石行长的办公室送去了沙发,他很满意。前天石行长给他打了电话,他们的上级联社要货三十套,又增加订做几套长竹沙发,价格另算,两天交货。九爷又说加工厂收了两千吨竹料,现在加工都是陈老板贮存的竹料,加工竹料有保证。他还说账上没有多少钱了,货款回笼慢。

七哥回来了,他一步跨进办公室,说下游的三个村寨社员交货要求支付款子。金贵说:"对社员的承诺不能失信,诚信至上,一定想办法兑现。"他的态度很坚决,又婉转口气说,"改造的工程款,先挪一下,不够,九爷加工厂账上的资金都要动用。我们找不到钱,银行靠不住,只有想其他办法。"七哥提出他的看法,他说政府补回的改造钱不要落实到社员头上,可以作为合作社收入。这恐怕不行,九爷说。他的意思,在改造中每户投有钱,只能说目前合作社困难暂借。但要征求他们的意见,弄不好,一些不知道内情的人,反而说合作社想打改造工程款的主意,庄稼人眼浅,听不得与钱有关的蝇头小利的事。

"七哥,这个钱,九爷说得对,不能动念头,公开说借,向社员打借条。合作社投的部分收回合情合理。"金贵说。但是七哥想不通,他说把社员的利益考虑太多了,以后要搞垮合作社的。他们投的钱,是建自己的竹楼,房产还在。特别对金贵搞那个差价补贴有看法,一切以市场说话,何必去做亏本生意。七哥与金贵为改造工程款争执起来。

金贵一时说服不了七哥,心里明白,七哥说的也有道理,但是他的意见还不能采纳。金贵说:"向社员打借条。社员思想不通,我去做工作。"

"最近有一笔百万元竹椅生意要做,有消息了,我叫九爷赶货。"八弟说。两天后,金贵和七哥去了县城找到刘副县长,这笔改造工程的资金很快办到了合作社的账上。

好像登山运动一样,越接近目标,越难爬上顶峰。金贵冒着风险,遇到贷款到不了位的困境,资金的运筹是靠挖东墙补西墙来勉强维持。资金还是有缺口,金贵把他和七哥,还有九爷家的存款全部借出,共渡这个难关。九爷负责加工厂业务,在艰难的夹缝中,一年实现了四百五十万的产品销售额。其中,八弟通过多年的关系渠道,仅广东市场就销售一百五十多万元。加工的竹制品与直接卖成品竹的销售额实现持平,这是九爷和李师傅开发产品和内拓市场的功劳。采用两条腿走路的营销方式,合作社实现九百万元的销售额。在竹价疲软下,首先保住了社员的利益。但是,差价补贴收购,这年合作社倒贴了八十多万元,金贵做着亏本生意过渡。

春天到了,大地开始苏醒,树枝叶腋间萌动着饱满的嫩芽。这天早上,金贵和七哥来到梭罗河水库,把瘦狗叫上,瘦狗紧随在后。太阳升起来了,天边已经燃烧着火红的霞光。从云霞下面吹来一丝凉意的春风。水库上蒸汽腾腾的,远望着七八只野鸭在水面上游荡。淹没在库中那座孤岛,岛上长满郁郁葱葱的松树。坝下的水渠弯弯曲曲向梭罗寨延伸,渠道长约两公里,从70年代开始,一直灌溉着坝子的良田。

金贵三人又回走渠道,渠道上散发露水浸湿的牛蒡花、湿润的泥土和朝雾的气味。有一段渠道失修,艾蒿丛生,忽然草丛藏着的一只野鸡咯咯叫着飞出。当走到一个山坳口,这里相离梭罗寨不到一公里的距离,四周种满了竹子。金贵打住了,他说这里地形有八十多米高的落差。就在这里筑一口山塘蓄水，然后做成闸门放水形成瀑布，坝上不需要库水灌溉了，筑起坝就可以实现常年瀑布的景观。这个地形好像是为他们准备的。筑一座直线的坝，连接两边山口，将水蓄在后面一条槽沟里。变成一座天然的山塘湖，今后洗澡可以收费。金贵在为瘦狗描绘着。

七哥说："筑口山塘恐怕要十多万的投资哦。合作社账上的钱都投到收购竹子上了，没有钱投了。"

"这你不用担心，叫瘦狗投。"金贵说。

筑坝的脚下，就是瘦狗的竹林，这几年，他买得一台挖掘机承包工程，挣得些钱。瘦狗听金贵说，摸了摸后脑壳思量会儿。"金贵哥，你意思叫我投钱，今后这口塘归我所有？"他说。"当然啰，不会有人与你去争的，今后山下你可以建民宿，地盘都是你的，做民宿，你这里是最好的地方。因为有瀑布呀！"金贵又说，"你不敢投，我另找一家投。"

"真正投了，生怕旅游搞不起来。"瘦狗担心地说。金贵再次点拨，他说让他考虑一下。

七哥说："今后凡是打造的景点，合作社要提取费用的，作为打广告，你瘦狗，没通过宣传造势，人家大老远就跑到你这里洗澡。"

"到那时，真正运作起来，还要协商，利用一切资源，让大家开动脑筋挣钱。"金贵说。

"金贵哥，我回家商量一下，两天后答复你。"瘦狗说。"没问题，有几家人都想投这个景点。"金贵说。在金贵心目中，瘦狗他一定会干的。筑一座水泥坝，花不上十万元的投资。

当天下午，金贵叫七哥开车把九爷和李师傅接到坝上，他和六叔先到坝上选址，准备在坝上建两栋竹楼。九爷和李师傅来到了坝上，金贵提出他的想法，他说建这两栋竹楼亭，既是供人们歇憩的场所，又是艺术品的展示厅，整个建筑用黄竹，包括楼顶要求用黄竹覆盖。

李师傅一听，心里明白。"竹亭做得越生态越有味道，要与竹海气息融合一体。"他说。"九爷你是木匠，竹楼要四方倒水，在竹榫头衔接口，不能出现任何铁钉或有铁的玩意儿。"金贵说。"这功夫很考人啰。"九爷说。李师傅很积极，他说晚上可以拿图样。

他们走到寨口。金贵说："今后这里要建个像样的寨门，都用竹料建。"走进竹林里，路径旁边的几棵大黄竹被几条枝藤缠紧向上延伸，空隙间冒出许多淡黄色的野菊花。几只绿色小鸟在竹枝上跳跃，叽叽喳喳叫唤。金贵说在寨口两边竹林里要建竹亭。

九爷说："前面应该建一栋，另一栋建在半山竹林里，这片是竹海旅游的主要景区。"在路上，金贵叫他六叔负责建筑任务，先建一栋为标准做个预算，工钱是不会少的。金贵还说，两天后，让他到李师傅的设计室拿图。马上开工，人员他自己配备。金贵启动竹林中的景点配套，抢着时间抓紧干。

瘦狗答应投资瀑布项目，他反复掂量又掂量。半个月后，他动用两台挖掘机开始动土干起来了。还请人对山塘进行设计，筑坝不高过两米，塘底实行清理，混凝土垫底，三方不见泥。瘦狗不傻，这是金贵给他的机会。暂时不考虑投资，他的意思，先抢占地盘。

六叔在李师傅房里拿到草图，他叫车子到加工厂拖竹料，带着他的原班人马在坝上先干起来。关键时刻,九爷经常到坝上协助。他做木匠的那套绝活派上了用场。

二级公路开始设计测量,一切都在有序地进行。

第二十一章

　　这年，金贵竭尽全力仿佛要将一幅绘制好的蓝图铺陈大地，等待着人们观赏。刘副县长说话算数，半年时间，那条相接杭瑞高速岔口的旅游公路开通了。
　　两天前，金贵来到八弟家，说梭罗寨的竹寨大门竖起来了，叫他爹掐算个开寨门的日子，这是梭罗寨天大的喜事。八弟爹当然认真对待，老人从抽屉里取出那本泛黄的旧历书，坐在堂屋里翻开，又倒指掐算。沉思片刻，然后他满有把握地对金贵说："开寨门定在十八日。"他还说几年间梭罗寨发生不测的事甚多，要把神龙请回来，他建议金贵扎一条神龙进寨门，做一次接龙仪式。他提醒金贵，说那竹篾扎的神龙骨架还放在七哥家的楼上。金贵听了，眉头一皱，只有十天的时间，任务太紧迫了，还要扎神龙，画龙身，八弟爹主动担起扎神龙的任务。于是，当晚从八弟家走出来，金贵立即召集七哥、八弟、九爷等人开会，布置一些事。在会上，金贵说了,开寨门仪式要有点规格,要弄出点声势来,邀请刘副县长和祝乡长参加,仪式上,请县乡领导给开寨门。他又把各项的任务和责任落实在每个人头上,金贵亲自写"进财歌"。金贵爹原来是个歌师。那歌的基因,身上多少还有续延。第二天早上,他开车到县城,亲自把请帖送到刘副县长的手中,并说出请他开寨门的意思。刘副县长高兴,说一定会去。从县城回到小镇,他又把请帖送到祝乡长手里。

开寨门日子随之到来,一切准备工作就绪。上午,梭罗寨像过节似的热闹,男女老少的脸上挂着笑容。寨上没有这么多的姑娘了,金贵又到青龙寨、蛤蟆寨借来七八个姑娘,十几个姑娘穿上满襟挑花绳边的苗家衣装,佩金带银,飘逸多姿,站在寨门两侧笑声盈盈,恭候客人的到来。

一座高高的用竹质构造的寨门巍然耸立,正门上镌刻"梭罗竹寨"四个闪烁的正楷大字。建造恢宏皆有竹趣,这是李师傅的设计。大门中间竖放着突兀的两扇竹门,一条红布横系着。两个月前,左侧已竖起四个姓氏祖先开疆拓土的一组雕塑像。八弟爹先带着金贵、七哥、八弟、九爷,他们代表四姓氏后人在祖先塑像面前祭祖叩拜。

一会儿,刘副县长和祝乡长的车到来了,他特意带着县里十多个局级单位光临,草地上到处停满了大小车辆。他们的到来,金贵和八弟爹上前相迎,一阵鞭炮声燃响,五个身穿对襟衣的中年壮汉,鼓起腮帮吹响了哩哩啦啦的唢呐声,这是迎宾曲。稍等片刻,开寨门的时辰到了,太阳从云彩中走出来了。开寨仪式由长老的八弟爹主持,老人精神抖擞,戴着一副老花镜,站在话筒前宣布仪式:"请刘副县长、祝乡长打开寨门。"声音刚落下,一阵持久的鞭炮声噼里啪啦地响起。

两个姑娘把事先准备好的两个四方形的彩盒子递上,盒面上分别写有金、银二字,刘副县长拿"金",祝乡长拿"银",两人走到两扇大竹门前面,小伙子们舞着一条十二节神龙随后。二位领导分别将竹门红布结解开,然后缓缓推开两扇大竹门,从门底发出嘎嘎嘎的响声。低沉的声音仿佛是从几百年前传来。紧接着,刘副县长和祝乡长跨过竹门,把各自手中两个"金"和"银"的彩盒分别送到相迎的金贵和七哥的手中,象征招财进宝,一个姑娘清脆的歌声响起:

　　[独]：东边云彩西边云哦,我吹着竹叶迎贵人。
　　梭罗竹海风光美啊,满山翠竹让人醉。
　　[合]：让人醉耶!让人醉耶,竹海风光无限美!
　　[独]：你种竹来我纺线呀,竹海种出聚宝盆。
　　贵人来把财门开呀,喜迎金宝进家门。
　　[合]：快把财门打开耶!财源滚滚进门来哦!噢荷荷!

在浓浓的歌声伴奏下,客人迈步踏过寨门,姑娘们把盛满米酒的土碗递上。拦路酒的逗趣,客人们很亢奋,一端碗就喝了个底朝天,其乐融融。紧接着又举行接龙仪式,两个巴狄熊(觋师)站在大寨门前对话。甲问：东方接什么龙？乙答：东方接得青帝青龙,穿青衣、戴青帽。坐青轿,骑青马,吹青号。甲又问：带得什么来？乙答：带来五谷转回程,种子粒粒都饱满。一颗落地万颗生……甲说：一处我请南方的神龙,起身于五光十色的金山银山,带来黄金进大门,若用不完存满库,富了儿子富孙子……接龙仪式庄重肃穆，一派虔诚。毕后，刘副县长站在寨门上发表了热情洋溢的讲话。开寨门这天，来了很多报社记者，他们到现场采访，并拍摄了许多照片对外发布，县电视台忙着现场直播。

仪式简单而气场隆重，事后，刘副县长又赶回县城开会去了。金贵和祝乡长陪着客人走进寨子，一幢幢错落别致的竹楼映入眼帘，他们又走进每家竹屋里逐一观赏。男女主人穿着族人服饰，堂屋摆设的生活家用都是竹制工艺品，这是金贵的策划，颇有竹寨韵味。九爷拖来的竹制工艺品，摆放在寨门口路边让人们观赏，各类品种齐全，招人眼球。摆放在桌上的浅棕色竹碗，做工精致轻巧，人们感到稀奇好看，客人当场买了好多竹碗装进包里。游完了竹寨，金贵开车带着客人到坝子看竹海。瘦狗的堰塘水闸门打开了，一股溪水似一条白练从山腰直泻而下，浪花飞溅，有飞流直下三千尺的磅礴。那奔腾不息的瀑布声淹没了四周一切声音，十分壮观。客人们来到瀑布边，赞不绝口，说这里有竹海风光的添色，比黄果树瀑布要壮观得多了。开寨门和接龙仪式结束，八弟在旅游网上及时发布了消息。

金贵有些迫不及待，他满满自信地认为：对外消息一经发布，游客马上会摩肩接踵蜂拥梭罗寨。可两个月过去了，竹寨仍然冷清，外甥打灯笼——照舅（旧），始终没看见一个游客走进来。到了星期天，偶尔有三五个小伙子驾车在坝上竹海至十里走廊游了一趟，然后车子一溜烟驶出寨门。他原指定几家做餐饮的民宿农家一切就绪，但是，竹桌上从来没有摆过碗，也没放过筷。瘦狗投了十万元筑起的山塘，闸门打开，那瀑布声日夜流响，没有谁去洗什么山塘澡。他每天诚惶诚恐地蹲守在山塘小屋边，特地印好一沓收费的澡票，一直没有开张。

这天中午，金贵站在寨口上，又徘徊几步，望着这幅美丽的竹海画卷。弄蒙了，时间一天一天地过去，怎么就没有一个游客进寨呢？他的心又冷下来，心里暗自发问。这几十块钱的门票不算贵呀！为何人家打造的竹海百元的门票，每天游客如织，络绎不绝，轮到了自己干就不行呢？问题出在什么地方呢？他冥思苦想着，也许是磨合期。他去坝上的竹海转悠，又上月亮山愣愣地站立；头顶上飞着一只猎鹰，这只鹰展翅飞翔，搏击长空，低空盘旋不时发出几声尖利鸣叫，也许没有发现什么猎物，又飞落到对面那片竹林中。金贵望着起伏的大片竹海，在自我陶醉中，他不明白，为啥没有一个人走进？好像已经摆好了一桌丰盛的酒席，就没有一个客人肯入席。竹海还欠缺什么呢？他在自言自语中情绪又沉重起来。

金贵回到办公室，沮丧坐着，心绪很乱，两只胳膊肘搭在桌上，双手衬托着额头纳闷思考，七哥和八弟也在讨论旅游的话题，七哥是个急躁分子，在旅游这事上，他态度消极。一看，每天没有一个游客进寨，竹海冷冷清清的。他带着情绪说："我们这里始终是个边地，相离大城市远了，谁愿跑到你这山旮旯看你几片竹林啰。干脆放敞了，没有必要去花这番功夫。重点搞好竹料加工。"八弟扬起眉毛，又看七哥一眼，说："这是磨合期，怎么说放敞了，我们好像一个陌生人，人家认识你还有个过程。"八弟说得很客观。他还提出见解，说："要么，我们再加把火，先拍一个专题片，选定一座城市去打旅游广告。不要遍地开花，也撒不起这么多的钱，选准一座两百万以上人口的中等城市，让城市人认识梭罗寨。"

他又说："这竹海旅游，并不是靠一次仪式就做起来的。"金贵在思考中，抬眼听了八弟这番话，犹如醍醐灌顶，认为此话有道理，八弟毕竟在沿海大城市混迹过，脑子好使。加工厂的竹产品销售，也是通过他的渠道慢慢打开的。"八弟说得对，我们把这事看简单了。八弟，明天你和我一起进县城找电视台。"金贵说。

第二天早上，金贵和八弟急急忙忙去了县城。七哥在办公室，他又翻开账本，心里对金贵有股莫名其妙的怨气，经过这么折腾，合作社的账上，从原来的两百万家底，只剩下两万元钱守账本了。县建设局补回的改造资金，都拿去收购竹子了，又挤出三十多万元投资旅游设施。他担心，万一这旅游干不下去，所投的钱就要打水漂。快到中午，七哥正准备关门回家，一个十六七岁的小女孩，身穿红色连衣裙，拎着白色的小提包，走进办公室，她对七哥说的第一句："我要找秀梅。"七哥惊愕。接着，她说秀梅是她的母亲。七哥静默会儿，他马上回想起来了，听说当年秀梅离婚，在广东丢下一个女孩。莫非？他一看，仔细打量，她一双乌黑眸子忽闪，与秀梅惊人地相似。七哥心情沉重，他压低声音说："你妈妈去世了。"七哥哽咽着。接着，他把秀梅的事告诉了小女孩。小女孩坐在竹椅上，一时间在她那张小苹果似的稚嫩圆脸上，流露出沉思和默想的忧伤，她说这次来梭罗寨是想见妈妈一面。说着，她哭了，抽抽搭搭的，眼眶流下泪水。她告诉七哥说："我爸两年前出车祸去世了，临终前，才如实告诉我妈妈的老家在贵州这边，一个叫梭罗寨的地方。在旅游网站上，我发现梭罗寨。在大学我学的是旅游专业，毕业后在一家合资企业打工，我爸去世后，后妈带着弟弟改嫁了。身边没有一个亲人了。"说着，小女孩低眉垂目，默默无语，坐着不动，从衣兜里取出纸巾不停地擦拭眼睛的泪珠。

为了女孩子的心愿，七哥带着她来到秀梅的坟前。她失声哭泣，原来她认为可以见到她四岁离别的母亲，谁知看见的是一堆长满茅草的坟茔。她伤心哭着，哭了会儿，便走上山去摘下一束野菊花，把野菊花放在她妈妈的坟墓前，默哀许久。七哥流泪了。

　　下山了，七哥带着女孩去秀梅爹家，让她先认识外公外婆。走在路上，七哥告诉她，说她有个在南京某大学当教授的亲舅舅。

　　次日，金贵和八弟把电视台人员带回梭罗寨。当金贵带着人员走进办公室，七哥想把秀梅女儿的事告诉他，一看他忙得不可开交便没吭声。金贵叫八弟开车到坝上去选景，一到坝上，发现瘦狗的堰塘不放水了，金贵急忙跑步上了山腰，走进小木屋，瘦狗还在小屋里睡大觉。急忙叫醒瘦狗，叫他赶快放水，说电视台的人要拍景。瘦狗好像有些不愿意，吞吞吐吐的。"金贵哥你骗我了，两个多月都没有开张。"金贵懒得给他解释，说："拍好景，我们给你开张。"说着，从钱包里取出百元一张的人民币给他，瘦狗拿着钱，一高一低走到堰塘抽开闸门。

　　拍完了照，7月天气燠热，金贵带着拍摄人员到山塘洗澡，水色深蓝深蓝的。金贵对拍摄人员说："你们放心洗澡。"说着他先跳下堰塘。瘦狗也下塘洗澡，他游向金贵身边，不放心地说道："金贵哥，旅游搞不起来了，山塘没戏了，恐怕投的钱打水漂了。""今天我们给你开张了，你啰唆什么？"金贵说。

　　在七哥家吃好晚饭，电视台拍摄人员回县城去了，金贵与他们签有协议，几千元的有偿服务，二十天拿出审样。这时，七哥把金贵叫到身边说："金贵哥，秀梅嫂在广州丢下的那姑娘回来了。"金贵听了一惊，然后想了想，记得秀梅曾经给他说，她丢下的女孩叫芬芬，七哥又说："她在她外公家。""走，我们去看看芬芬。"金贵叫上七哥一起向秀梅爹家奔去。

拍好的宣传片，八弟拿到他熟悉的某城市电视台进行滚动性广告宣传，金贵咬紧牙关，又融资投了二十多万元。

经过对外宣传造势，三个月后，果然，先后有两家旅行社来到梭罗寨考察。金贵陪同，给他们做向导，游竹海，赏瀑布，观竹寨。一路上，金贵不停地推销他的理念，他把梭罗寨的旅游概括为：以竹海生态休闲养生旅游为主题。他们都是行家，经过实地考察，表示赞同，身材高挑的中年女人说："旅游的成与败，看打造的元素有没有同质化，我们是冲着独特竹海景色来的。好在高速路开通，不然，你说就算这里埋有黄金，恐怕谁也不愿来挖，偏远了。"这个老旅游说了句大实话。她提出意见，说门票起价低了，要适当提高，还提出一套意向性合作的方案。

金贵采纳老旅游的意见，门票提到百元。本着让利的原则，先后与两家旅行社签订了合作协议。七哥总感觉有些吃亏，金贵说："这时候心就不要这么大，我们不要仅盯着门票的利益，关键要引得人进寨。大道理就不说了，先干起来吧！"

果然，梭罗寨旅游开始运作起来了。一辆辆旅游的大巴车开进了梭罗寨，八弟打广告那座城市来了很多散客，那边的一家旅行社与金贵接上线了。游客来来往往，梭罗寨瞬间热闹起来，农家乐中响起了碗筷声。旅游刚开始，金贵自荐导游，从梭罗寨的历史说起，又说到竹海种植的品种，直至竹寨的建筑、民俗风情，分别介绍。他每天忙碌在景区。这时，才想到，当务之急赶快培养解说员。当然，他心里高兴，刚开张图个新鲜。

瘦狗的山塘开始忙碌了，正值8月高温，天气炙热，每天洗澡的游客络绎不绝。游客们被这自然天池迷住了,洗天然的山塘澡,淌着一池蓝水,听着竹林鸟雀啁啾,别有一番野趣。金贵叫他换一种经营模式,免费洗澡,出售用中草药浸泡过的三角短裤衩。瘦狗及时采纳,赶紧从县城进货,又上山挖得大堆的草药用大锅煮泡。效益一时倍增。每天常有三五百人出出进进,节日高峰时达到一千多人,一时间人气炒起来了。进入冬天,游客才渐渐稀少。经过几个月的运作,初开张,门票收入两百六十万元。每家餐饮收入三四万元钱。仅出售竹制品就收入三十多万元,竹沙发和竹碗特别畅销,八弟还帮游客办理托运业务。有的游客开始住下体验竹寨的农家生活,想看冬天竹海的雪景。这盘棋慢慢动起来了。

这天下午,七哥报来数据给金贵,效益初显。他内疚地说:"金贵哥,我又错了,原我认为旅游是搞不起的。""别这样说,你没错,是个好汉,哪个都不是算命先生,一路上我们吃着苦头奔跑,一步一个脚印走出来的。关键在最艰难的时刻,要扛得住风雨,要挺得过最后的一关。"金贵说。合作社的卖竹、竹艺加工、竹海旅游,这三大板块的效益值可观,终于让他看见了一线曙光。金贵掩饰不住内心的兴奋。下午,他在办公室里喝了一大杯白酒,随即走出大门,爬上山头,远眺山下的竹海,还有大瀑布,又望着梭罗寨升起的炊烟袅袅。这是当前村落少见的风景了。青山绿水,溪流清洌,这是他梦寐以求的生存家园。金贵突然哭了,他的哭蕴涵着兴奋和喜悦的情绪。他发疯似的又在草地上小跑几步,停下脚步张开双臂,仰面蓝天白云,一阵呼叫呐喊。这是他多年苦苦追求的彼岸在心中的激荡。那种渴望终于让他看见了光芒。心里联想很多,他联想起秀梅,想起银花,还想起用石磨压绣花鞋的荒唐事儿。沸腾的心绪一时难以平静下来。金贵走下山脚，越过一道土沟，他不知不觉来到秀梅坟前，坐在地上不动。

他坐在地上默默与秀梅对话："秀梅，我俩只有这点缘分，这是命，可惜你走早了，没有看见今天梭罗寨的变化，我的愿望实现了，我追求的目标达到了。芬芬回来看你了，你知道吗？她现在长成大姑娘了。她没有阿爸了，你放心，我就是她的阿爸。小竹筒长高了，上五年级了。"金贵说着，流下泪水。一阵冷风袭来，他感觉恍恍惚惚的，顷刻间，也许是醉意发作，他倒在秀梅的坟头前昏昏欲睡。

下午，七哥正急着找他有事，打他电话关机，又四下到处寻找，家里和竹林都找遍了，仍不见他的踪影。七哥紧张了，赶快叫八弟，又到加工厂叫九爷。太阳落山了，仍不见金贵回寨。手机依然打不通，七哥又打通祝乡长的电话，问金贵到过乡政府吗？祝乡长问金贵怎么了，他没有来过乡政府。金贵到底到哪里去呢？七哥恐慌了，一个大活人突然失踪，七哥生怕发生什么意外。他对九爷说："我们分成三条线寻找，去竹林坝、下青龙寨、上月亮山。"十多个人分成三路，一路上呼叫金贵，只有山谷的回荡声，不见金贵的踪影。约莫半个小时，七哥通过电话联系，正在寻找路上的八弟和九爷回答，都说没看见人。天快黑了，已经是一个寒冷而黄昏的时候了。这时，七哥才突然想起，到秀梅坟去找。于是，他带着十几个小伙子来到了秀梅坟前，人们打着电筒直照，金贵正在坟头前呼呼睡觉。七哥跑步上前叫喊："金贵哥。"金贵突然醒过来，嘴角边流着口水，身上散发着酒气。他说："我怎么睡在这里呢？"七哥说："你骇死我们了,金贵哥。"七哥立马给八弟和九爷打电话,说金贵哥找到了,一场虚惊。

梭罗寨的旅游刚动起来,青龙寨、蛤蟆寨的人坐不住了,特别是堂嫂家的那个大哥最积极。一天,他们走进办公室,堂嫂的大哥一眼见到金贵,说:"金贵社长,你要拉我们一把。"金贵望着他那张恳切的脸,先问他们竹子收入,他说:"与去年差不多。"金贵又说起正题:"老大放心,今年的竹海旅游刚开个头,原来我说过的话不会变,会把你们相连一起,让游客进了竹海,够上一天游程。不过,蛤蟆寨还有两公里的马路没有打通。蛤蟆寨房屋改造工程没有动,青龙寨有一些人家也没有动。你们先把这两件事做好了,为旅游路线往下延伸创造条件。"

蛤蟆寨的龙理事说,修马路的报告送给祝乡长了,寨子改造工程马上动工。堂嫂的大哥也表态,说青龙寨是有七八个硬骨头难啃,他们会做通工作的。金贵还说,这事不能等,你们要先做。经过金贵的一番鼓动,这个冬天,下游两个寨子都动起来了。青龙寨就动房屋的改造,蛤蟆寨先修断头马路。这天,金贵来到蛤蟆寨公路现场一看,寨子三十多户人家,因为劳动力有限,只有三十多个男女稀稀拉拉上阵。一台挖掘机正在慢吞吞地挖土作业。龙理事说:"这个冬天先把毛坯路打通。"当天金贵回到梭罗寨,他立即召开动员会。他的意思,利用这冬闲,调梭罗寨的人马支持蛤蟆寨修路。

梭罗寨人顺心了,做点尽义务的事,社员都很乐意地接受,再没有像过去的嘀嘀咕咕了,金贵的倡议,大家一致响应。第二天早上,金贵带着梭罗寨五十名男女劳动力,自带工具及时赶到修路现场。

第二十二章

高海拔的大山深处，冬天特别冷。大雪时节刚过，梭罗河开始结冰了，水缸的水都结了冰，天空时而飘飞着雪花。蛤蟆寨公路的工地上，人们干活干得热火朝天。这段两公里长的距离，好在都是土方，岩山少，不需要炸药放炮，只要动锄头挖开表层的厚土，然后用搭耙掏土往沟底甩。龙理事心里暗自感激金贵，两年前种竹全得他的大力支持，今天的修路，又是他带来梭罗寨的男男女女冒着风雪，尽着义务帮忙干活。风雪停了，天边忽而明亮起来。龙理事叫大家歇息会儿，他点燃一支纸烟抽着，然后对金贵说："社长，这样干活的场面少见了，全赖你金贵社长的帮忙。"他那张黝黑的脸，说话时两颊微微颤动。"应该的，你客气什么？"金贵说。"自种上黄竹以后，寨上人都不去打工了，不然，真找不到人修路。你看下游的蚂蟥寨，人都走光了，村寨只剩下一个空壳。"龙理事说。

"这是正常现象,不足为怪。大家都要讨生活,我们种几棵竹也是讨生活。"金贵说。果然,人多力量大,工程进展很快,原计划二十多天的活路,只花费八天的工期,从青龙寨的断头路接头,终于打通这条高矮不平的毛坯路面。毛坯路打通后,金贵叫龙理事马上去找祝乡长,争取修产业路的政策支持。他说:"事要主动先干,不能坐等天上落黄金,也要找上级政府帮助。要有'两条腿走路'的干事思维。"这一夜,西北风刮得像老虎呼啸般,合作社大楼旁边那根太阳能的电杆被风吹倒了。

青龙寨的房子改造遇到硬茬了。余下三户人家死活不肯改造,变为钉子户,这硬茬又是堂嫂大哥自家的老大和两个叔。堂嫂大哥说不通自家人的事,碰了壁,气得他脸色发青。中午,他跑到梭罗寨找金贵诉苦,金贵刚从蛤蟆寨回到办公室。

"金贵社长,打虎要靠亲兄弟,扯淡的。这个世道,人心变了,越是本家人越是不好办事。"他气呼呼地说。七哥在场,望见他这个舅子一脸怒火,说:"大哥,那好办,今后旅游延伸下去,我们有方案的,因为竹海和竹寨也是旅游景点。凡是不进行房子改造的,不给他们分红,你不去得罪他们,我晓得那个大哥耍横。"金贵问他们三家种了多少亩竹。"种竹嘛比较积极,每家二十多亩。"堂嫂大哥还说,"改造房子个人不肯出钱。要理事会全部承担,当然不行。何况没有这么多的钱。"

七哥坚持,叫他那个舅子照他的意思办,到那时,他们会主动找上门的。金贵说:"七哥,你说的没错,但他们不晓得旅游分红方案,连老大都不明白。这样,明天我们一起去青龙寨帮做工作。"

第二天早上,天色转晴了,冬天的阳光斜照,把人的影子投射在地上，光色略有温度，但热不起身子。金贵和七哥主动登门拜访了青龙寨，一走进寨子，各家各户都忙着请人帮干改造房屋的活。堂嫂大哥，把他的哥和两个叔叫到他家。七哥这个大舅子，曾经与金贵闹过款，他坐在木椅上，一见金贵，脸上露出一副难为情的窘态。他的身材牛高马大，说话嗓声像响雷。当着金贵面，不提改造房子的事，反而对蛤蟆寨卖竹提留的钱有意见，他说提留的钱用途上不公开，不透明，那十几万元的钱用到哪里去了，这个老大叫叫嚷嚷。两个亲兄弟为提留的几个钱，一时间争吵起来，吵得面红耳赤，青筋暴出。两人挽起衣袖，起势拉起干架的动作。局外人一听，真认为堂嫂的大哥挪用公款了。七哥听得不耐烦了，直白地告诉他说："不要扯其他的事。那钱的事，我们有会计师来帮查账的。若现在你不肯改造房子，到那时候，真正旅游发展起来了，分红就没有你的份。你掂量一下。"老大听了一头雾水，他疑惑不解地问道："分什么红？"金贵说："老大，竹海旅游的事，梭罗寨刚刚开始，有效益后，按照竹林的面积和社员投资改造的竹寨分红，我们合作社有这个打算。还没延伸到青龙寨，一时没有给你们说。"听了金贵的解释，他们沉默不吭声了，堂嫂大哥的叔说："你们应该早告诉我们啰！""我都不晓得这样的事，怎么告诉你呢？"堂嫂大哥说。

　　金贵和七哥登门，这几家硬户原都是亲戚，堂哥在世时，他随着堂哥经常来往走动。自金贵担任社长后，他们知道金贵做事一向认真，说话算数，一听到今后种的竹林和改造好的竹楼可以分红，心里都有一本账。利益的驱动，隐伏在心里的死疙瘩顿然解开。金贵深刻体会到，时代变了，调解社员纠纷的问题，庄稼人不需要用大道理漫灌和说教,对他们要直截了当,讲道理,以理服人。那个老大一听有窍头,脸色急骤变化,脑筋急转弯,当场表态,他说明天马上请人动工。堂嫂大哥的叔,要求款子补助先到位。七哥说:"那补助款不是拿现金,是用在买竹料上。"金贵又开了个口子,说:"你们手上的钱转不过来,改造房子的竹料款,先与九爷协商一下,房子改造好再付钱,九爷管理得严,不见钱不发货,争取在年前完工。明春把这条旅游线连接起来,你看人家蛤蟆寨毛坯路都打通了。"这事调解好了,临走前,金贵对老大说,今后合作社划给你们的钱要算明账给社员们听,以免产生误会。堂嫂的大哥听了默默点头。

大喜事,八弟的婚姻有好消息了,他和梭罗寨村小学的李老师好上了。这天下午,八弟拿着一袋喜糖来到办公室,把结婚的邀请帖子放在桌上。

"金贵哥,我爹看好日子了,本月二十六与李老师结婚。邀请你光临。"金贵看了艳色帖子一眼,说:"恭喜你八弟,一天只看到你吭哧吭哧地做事,没有听见什么风声,那么快就弄到手了。"金贵顿了顿,又问道:"李老师比金花和三姑娘漂亮吗?""金贵哥,你我都是四十多岁的人,不要说漂亮不漂亮了,只要人家不嫌弃肯嫁就烧高香了。"七哥从加工厂回来,一步跨进大门,八弟把喜糖和请帖送到他面前:"七哥,吃喜糖。"七哥拿起糖直往嘴里塞。又打量八弟一眼,微微一笑。

"恭喜你八弟。你真行呀!轮到最后的三婚还弄得个吃公家饭、教书的做婆娘。"说着,他又转换语气,"早有所闻了,听说你比人家李老师大十三岁半,世上的好事都让你占完了。"七哥又在调侃八弟。一会儿他把话题又扯到金贵的身上。

"秀梅一走,可苦了我们金贵哥了。"七哥说着,又叹口气,倒对金贵同情起来。"年龄大了,真不好将就了。"七哥又说。"别担心我,七哥,只要把我们的事做成了,这后半辈子打单身又怎么样?"金贵好像不在乎这事,他话说得很乐观。

"金贵哥,我看那个祝领导对你有点意思。"七哥俏皮地说。"别乱扯事,人家是官,我是农民,一个在天,一个在地,怎么敢去奢想。人家马局长早拿到手了。"三个发小拜把子的兄弟,曾经都是被到手的婆娘嫌穷所抛弃,今天在婚事上又发生了戏剧性变化,过去七哥与前妻离婚后,生怕他穷难娶婆娘;八弟与三姑娘离婚后,又担心着八弟,如今大家又忧愁起金贵。

八弟说:"金贵哥,今晚我请李老师到家吃饭,我爹交代了,特意叫你和七哥到家里作陪。""叫九爷和李师傅一起去。"金贵说。说起李师傅,前几天,李师傅回家,是九爷派车送回,又把他家里的妻子一起接到厂里,安排在一栋小竹楼住。金贵暗自在想,李师傅为梭罗寨做出的贡献最大,抽个时间要登门拜望李师傅。七哥对八弟说:"你开车去接九爷他们。"八弟说:"我要接李老师。""那我开车去接李师傅。"七哥说着,走出大门开车去。金贵上了七哥的车。

梭罗寨竹海旅游刚开张,还存在许多缺陷。这天上午,金贵在合作社二楼会议室召开理事会。在会上,他提出一系列补救措施。大家在会上讨论非常热烈,金贵说:"梭罗寨的竹海旅游不能带有商业气息,在寨门左侧保持梭罗寨导游图之外,一律不准张贴乱七八糟的东西。饭庄不能遍地开花,只批准原定五家做餐饮营业,景区不准设摊叫卖。只设竹艺为旅游产品销售窗口,游客走进梭罗寨,看见的是农舍竹楼和竹海,听见的是鸟雀的叫声。人们照常干自己的农活。"金贵说得有些兴奋。已经尝到竹海旅游甜头的梭罗寨人，对竹海充满着希望。会上没有多大争议的事儿，一致赞成金贵的意见。这时七哥站起更直截了当地说："凡是进了竹加工厂的社员，就不能开餐馆，不能蚂蟥两头吃。不允许谁占山为王，更不允许随意乱挖乱建开发景点。"七哥又对身边的瘦狗说，你瘦狗的山塘收回投资后，要与合作社合股经营。你瘦狗可以占大头，但不能独吞。瘦狗听了七哥这番话，好像有些情绪，他说他还没有拿回投资的钱。七哥又说需要增加开民宿和饭庄，必须由合作社统一安排。意思叫大家不要在一个锅里争饭吃，要平衡社员利益关系，他说我们梭罗寨要走共同富裕的道路。七哥这话已经上升了境界。

正说着话，从寨门传来姑娘们拦路酒的悠扬歌声。三辆旅游大巴车隆隆地开进寨门，旅游团又来了。这年下游两个村寨的产业路打通了，蛤蟆寨打通的毛坯路刚铺成柏油路。青龙寨和蛤蟆寨旧房改造完毕，下游又增加两座六十多户的竹寨，竹海旅游面积增加一千余亩。只剩下龙家寨，竹林面积散了，一时还连不起来。金贵对景区景点的完善，不惜下大本钱。他又发动社员入股筹集资金投入。在竹海徒步的小道上，全部铺上青石板路。在竹海的布局中，不同的片区修起了六座竹亭。置身竹海，山色野趣，以梭罗寨为中心的竹海旅游大格局初步形成。

金贵在旅游景点策划上得到祝乡长的点拨。她到苏州挂过职，见过世面。这天，她特意到梭罗寨给金贵支招：她站在大竹寨门的雕像前对金贵说，这里建一个花鼓广场，客人来了，要把祖传的花鼓打起来。地面完全铺上青石板。雕像两边用竹料做成两本书样。第一本书，把你们梭罗寨的迁徙史、民俗、古歌、恋歌、合款、盟约写在竹页上,展示梭罗寨的古老和厚重的历史文化;另一本书,把梭罗寨的新时代创业史也写在竹页上,展示梭罗寨新一代人艰苦创业的历程。他们又来到梭罗河岸上,祝乡长又看周边地形,沉思片刻,她抬起胳膊指着河对岸说:"在河岸两边安放八至十个大水车提水。这是一道亮丽的风景线,少不得。"

接着他们回到金贵家,祝乡长又对金贵说:"你家要办个创业展览室,把你的人生和事迹展示出来。"金贵听祝乡长这么说,他思考一会儿,很难为情地说:"这样宣扬自己不妥吧?""有什么不妥,你身上的元素就是很好的旅游景点,新时代更加需要这种精神上的景区。"祝乡长说。金贵不吭声了,似觉有理。祝乡长对景点的策划很有远见,金贵听了及时采纳,他立马去县城找旅游局。金贵上下跑县城好几趟,旅游局的领导给帮了大忙,立即派人来梭罗寨帮忙整理资料。金贵又请县里两位有名的书法家,在书上排页的竹简写字;七哥带队负责铺青石板的广场;九爷负责用竹料制作大水车。前后花费一个多月的时间,补上几个景点的空缺。

旅游刚刚上路,金贵担心很多事理不顺,他仍然亲自上阵,把临时培养的两个解说员姑娘带在身边,随时给旅游团体义务导游服务。两个解说员是梭罗寨的姑娘,没考上大学,就在家门口就业。

开寨门第一天,一下拥入三百多名的游客,游客来自八弟打广告的那座城市。其中有一辆大巴车坐着四十多位中老年人,每人胸前都挂着相机,一看就知道是有组织的摄影团队。走进梭罗寨,一个年纪六十多岁的摄影老人,手里拿着一部相机,他主动走到金贵面前，知道金贵是个头儿，他说他是退休干部，去年来过梭罗寨，拍摄了一幅梭罗寨竹海的图片，参加某省举办的摄影比赛，获得一等奖，顿时引起轰动。说着，从包里取出获奖证书给金贵看，今天来的都是城市摄影协会的会员，专程来拍竹海风光的。金贵看了证书一眼，这是给梭罗寨竹海旅游做广告，义务宣传。没有细想，于是慷慨地说："老干部，今晚我安排晚饭，我们好好地洽谈一下。"

晚上，金贵在"竹海农家"预定了四桌，盛情宴请摄影协会的会员们，在饭桌上，金贵说："欢迎你们随时来梭罗寨竹海拍照，门票免费。"金贵的慷慨陈词，老干部一听，觉得他是个明白人。他说："梭罗寨竹海风光独特，像这样大面积的竹海资源很难找了，还有你们的竹寨。本协会通过这次采风活动，准备搞一次梭罗寨竹海旅游摄影大赛。"金贵爽快地说："评奖的钱，你老干部说个数，我们资助。"这个老干部很客观，他并没有叫金贵出资赞助的意思。他说待举行后再议。后来，金贵资助八万多元，他被摄影协会邀请去颁奖。这时，他深刻地体会到，这是一城一池攻略成功的发酵，他准备对这座城市再次投钱做宣传。当然，城市的旅行社在起关键性作用。

5月，金贵又做了一次大型"拔笋节"的活动。游客从来没见过这样新鲜的事儿，主动报名参加拔笋互动，声势造得很大。旅游进入旺季了，游客行走在竹海的青石板路上，一眼望去，漫山遍野长满了竹笋。一片片竹笋亭亭玉立，高低不齐站立，好像列队迎着客人绽放出笑容。很多游客从未见过竹笋笔直向上的奇美排列，一时惊叹不已。社员带着游客在自家的竹林扯笋卖笋。游客们站在竹亭里登高望远，俯瞰山下奔腾的梭罗河，河边两岸安放用竹料搭建的七八架一排圆鼓形的大水车，利用河水冲力，日夜在河边旋转，水车转起提水潺潺汩汩流入岸边的稻田。很多游客来到河边，人们都喜欢在水车面前留影拍照。梭罗寨的景区内，社员们就在寨门两边卖竹笋，摆起地摊，排着长长的队伍。游客拿起竹笋讨价还价，驶入梭罗寨买竹笋的大小车进进出出，每天像赶集似的，人气甚旺。

中午，七哥终于在坝上找到金贵。坝上有七八个游客，原来是外省来学习种竹的团队，金贵正在乐此不疲地讲解种竹的经验。他把金贵叫到一边，压低声音说："银花嫂回来了。""你说什么？"金贵浓密的眉毛忽而直竖起来，他感到愕然。"银花嫂就在我家，堂嫂叫你回去见上一面。""叫她走，我不想见她。"金贵气愤地说。"堂嫂叫你必须回去一趟，银花有话对你说。"七哥说。这个银花突然回寨，金贵他心里疑惑而不得其解，十几年过去了，她回梭罗寨干啥呢？

话又说回这个银花，那年她嫁给金贵，随着生活上的贴近，心灵上的距离与金贵越来越大，当时她嫌金贵家穷，又嫌金贵没有多大出息，整天傻乎乎地跑着坝子，与泥巴打交道，一天摆弄的东西，又弄不出钱来。于是她相约寨上七哥和八弟的婆娘外出打工，看看外面的精彩世界，谁知在厂里打着工，就被外面灯红酒绿的生活吸引住了，精彩的世界仿佛照亮了她们的梦想，一比较，一个个不肯回寨了。她们离婚后，银花面容姣好，嫁的男人是个开酒店的老板。七哥和八弟的前妻嫁给在厂里一起打工的河南人。银花两年后被那老板抛弃，她又去一家做鞋的工厂打工，又嫌干着苦活，最后嫁给一个比她大三十多岁退休的男人为妻。男人娶她纯粹当保姆使唤，她身边一直没有小孩。去年她那个老头去世了。十多年过去了，其实，她就在那座城市生活。当她突然从电视上看见梭罗寨的旅游宣传片，被美丽的竹海风光吸引，在她的印象中，过去梭罗寨不是这个样子。真想不到梭罗寨会发生这样翻天覆地的变化，连做梦都想不到这里会变为旅游区。当然，她更不知道金贵家里发生这么大的变故。这次她是特意参加旅游团回寨，也趁此机会回寨看她表姐堂嫂一眼。

这个银花没等金贵回来，主动来到金贵家，当年她就是从金贵家两间带偏厦的歪斜木质老屋走出的。如今老屋不见了，呈现在她面前的是一幢两层楼的三间正房，右侧还相连一栋两间吊脚竹楼。唯有记忆的是院坝那棵歪脖的李子树依然繁茂着枝叶，枝上挂满了一串串圆圆的小果实；路边长着一丛丛的野苧麻，带刺的细叶依然闪着亮光；屋后两株篁竹照常碧绿青翠。大门敞开着，她走进堂屋的客厅，傻眼了，室内摆设焕然一新，干净的地板上摆放着一套崭新的竹沙发，还有竹椅、竹茶几等，满屋都是竹制品。室内的电视正在播放。她又对屋里扫视一眼，发现左侧的房间里还摆放着她熟悉的嫁妆，墙上还挂着她和金贵结婚合影的照片，旁边还贴着金贵种竹的十多张放大的特写照。正要往下看，导游姑娘带着一群游客走进金贵家，姑娘指着墙上一张老屋照片说，金贵社长留守这块土地，没发展种竹前，家里穷，这是老屋。又指着第二张照片说："这是金贵社长结婚的第一个妻子，她叫银花，当年银花嫁给金贵，嫌金贵家穷，于是出外打工不肯回来了。"银花站在一边，脸色涨红，垂头低下面露难堪，恨不得钻进地板缝里。"这个叫秀梅。"姑娘又指着照片说，"她是金贵社长第二个妻子，贤德淑女，人很善良，是金贵社长的患难夫妻。两年前去世了。金贵社长的爱情一波三折，他现在一直是单身汉，过着单身汉的生活。"一位温婉的中年女游客听了深受感动。

她问道："能见上你们社长一面吗？""可以的，但他很忙，社长还在坝上的竹海里。"姑娘说。接着，姑娘又带着游客上竹楼。银花镇静下来，不露声色，像一个游客一样跟随着。游客们被挂在床架上一幅艳色的帐子吸引。银花看见床架上挂的是她原来一针一线绣的嫁妆。离婚出走时，放在金贵家里的东西一件没有拿走。触景生情，一转脸，她在楼角悄悄流泪。她不明白金贵为什么不摘掉她绣的帐幨？

果然，金贵的展览室最吸引游客，特别是有抱负、励志创业的年轻游客，看了摆放在寨门竹简上刻写的梭罗寨创业史，都很想到金贵家与他见面，交流畅谈，更想知道他的故事。每天都有两三拨游客参观金贵家的展览室，引起强烈共鸣，金贵的故事更让他们感兴趣。来参观展览室的人进进出出，都想见见金贵本人。

这拨游客走了，银花坐在竹椅上，痛苦反思。波动的情绪渐渐平静下来。这个社会变得太快了，她给自己设想了许多假如。她原本就是这房子的主人，如今只能以一个游客身份悄悄地造访，十几年过去了，真不知道自己干了些什么，恍如一梦。

金贵的妈提着菜篮回来了。她起身开口叫一声"妈"，老人一惊。"我是你媳妇银花。"银花说话的苗腔走调了，带着拗口的翘舌音。金贵妈被她一阵亲切的叫喊声唤醒了记忆，愣神好一会儿。"你是银花？"老人坐在竹椅上问道。她头脑清醒，又说："这么久了你才回来？"正说着，金贵回来了，两个人的目光瞬间尴尬地碰撞，呆呆愣怔了许久，形同陌路人，没有彼此的叫声。两人半天说不出一句话，都从对方眼里读出了无奈和沧桑，还有一丝不易觉察的酸楚。双方体形都发生了很大变化。银花脸色苍白，略显忧郁；金贵棱角分明的四方脸，身体健壮，散发着中年男性特有的稳重和成熟，不再是当年那股傻劲和那身泥土味了。

金贵心情凌乱像一团麻，堂嫂和七哥来到他家，金贵当着俩人的面，对银花漠然说道："我们离婚了，没有瓜葛了，你跑回我家干啥？我不想见到你这样的女人。回去与你的张老板过幸福日子去吧！我们还很穷。"

金贵说出对银花踏踩的话，等于在赶银花走人。堂嫂心里发火，平时少言寡语的她，却对金贵发起脾气吼骂起来。"这是你当社长说的话吗？那时候你金贵早这样做事，早有这点样子和出息，我银花妹不会出去打工的。人一生，三穷三富不过老，人得势了要晓得让人，不要踏踩人。我妹走错一步，你就这样挖苦她，她也是个人呐。你这点烂德性比不上七哥。你知道吗，我比七哥大五岁，我们的日子照样过得好好的。"堂嫂这么一骂，反而把七哥的形象树立起来了。金贵被堂嫂劈头劈脑训斥一顿，感到无地自容，他从来没见过堂嫂发这么大的脾气。堂嫂心地善良，自秀梅去世后，一直把竹筒带在她身边，当作自己儿子一样对待。金贵不敢犟嘴了，老母亲明白，老人发话了："金贵崽，我人老了，已经是数天数月过着日子，身边要一个媳妇。你嫂说得好，银花晓得回到这个家就是好的，过去的事不要计较她了。"老人这么一说，银花放声哭了。她忍不住泪水倏地扑在老人的怀里，说："妈，金贵哥真不要我，我同样在家里服侍你，我现在明白世上的事了。"

金贵感觉这事来得太突然了，让他来不及考虑。始终一言不发。老人又发话，说："金贵硬犟，你吃住和我在一起，别管他。"七哥也在相劝:"金贵哥,算起年龄不小了,将就点,个人的婚事该有个结局了。"金贵沉默了许久,大脑嗡嗡地乱叫,他不知怎么办好。手机响了,一看是八弟找他有事。

果然银花不走了,她在金贵家住下,每天帮着煮饭、洗衣,在院坝的太阳下给老人梳头、清洗、打扮。半个月生活下来,金贵每天回家吃饭,板着脸孔,照常不与银花说话。吃好饭上楼休息,或是去办公室,到办公室又换成另外一副面孔忙碌事务。有时刻意在办公室待着多做事,不想回家面对银花。银花感到后悔,后悔过去对金贵的伤害太深了,她记得从广州回来离婚的那一天,金贵刚从坝上干活回来。金贵晒黑的脸,裤脚沾满了泥巴,头发蓬乱,一身臭汗。办好离婚手续,在外闯荡见过世面,好像抬高了她的眼界和身价,她鄙夷地骂金贵几句,说:"我真是瞎眼嫁错了男人,怎么嫁给一个永远不会有出息的男人。"金贵被骂伤心了,他对她的感情一时难以修复。老人看在眼里,她给银花鼓气说:"别在意他,你是我的媳妇。"一天下午,八弟爹突然把金贵叫到他家里。金贵进屋刚坐下,八弟爹正色地说:"你不该这样对待银花,我到大枫树给你打羊角卦问了,人家那棵大枫树回答很好,连续打出的卦都是阳卦。你和银花好好过着日子。"他又带着调教的口吻说,"银花回来就是好事。你还是个大社长,这点道理都不晓得,做人要懂得宽容人。"八弟爹的话在打他的脸。其实,这是他妈悄悄叫八弟的爹在这棵大神树面前为俩人做了个祈愿。

秀梅的爹妈也登门相劝,二老当着他和银花的面说:"秀梅不在世了,银花就是我的女儿,小竹筒还小,也该有个妈照顾。"这话好像是在填充他与银花情感的那道沟壑。金贵歪着头听着，一声不吭。一个月间，金贵眼看着银花对老人的尽孝，任劳任怨对老人的服侍，他心软了。他知道母亲年迈体弱，身体一天不如一天，身边需要一个女人料理。自己忙碌着合作社的事务，一天不挨屋，无暇顾及母亲，不能让母亲一个人孤零零地过着寂寞的生活。金贵思来想去，心里矛盾极了，若秀梅还在，就不会有这烦事缠身。这天下午，石行长忽然登了金贵家的门，随后跟着两个戴眼镜的年轻人，肩上扛着一大箱鞭炮，他们一到金贵家，就将鞭炮噼里啪啦燃放起来。七哥和八弟、九爷、李师傅、六叔都来了，金贵感到莫名其妙。七哥上前拍着他的肩膀说："金贵哥，别傻了，也别犟劲了，今天是你和银花破镜重圆的日子。八弟爹算好了日子，是他老人叫我们来喝酒的。"九爷说："石行长特意来喝团圆酒。"他又高声叫喊道，"拿酒来。"金贵明白了。这一切都是他母亲和八弟爹的安排，难得两个老人这片苦心。紧接着，大家进厨房张罗团圆晚饭。堂嫂和秀梅的爹妈带着小竹筒回来了……

  竹海旅游景区延伸到下游的龙家寨。合作社旅游景区的人手显然不够，金贵忽然想起秀梅的芬芬是学旅游专业，懂行。应该叫她回梭罗寨协助旅游发展的业务。于是，他立即给她打了电话，金贵在电话中说起叫她回梭罗寨做旅游的事儿，芬芬欣然答应，在通话中，她还亲热地叫金贵一声"爸"，甜甜的叫声，温暖心头，全身感到热乎乎的。第二天早上，小姑娘立即乘车从深圳往回赶，她愿意回到不是她出生地的这个家。往日冷清的家庭又热闹起来。银花简直像换了个人似的，扮演贤妻良母的角色，担起做母亲的责任，尽管芬芬和竹筒不是她身上掉下的肉，但都当作自己亲生孩子一样地疼爱。这番母爱的真诚付出，深受两个同母异父的孩子对她的爱戴和尊重。银花的彻底转变，正在慢慢磨合金贵的感情……

金贵带领梭罗寨人种下这棵黄竹，最后他所苦苦追索的竹海生态旅游路子终于走通了。合作社的销售成品竹、竹业加工、竹海竹寨旅游这三大板块收入齐头并进。金贵兑现了诺言，社员实现旅游分红。这年秋末的一个下午，太阳西斜了。金贵的办公室坐满了人，氛围热烈，七哥的慷慨，他有意识地把那一大坛苞谷烧放在桌上，旁边特备五个小竹碗，让拿款的社员自斟自饮。社员们在办公室从七哥手中拿到票子，眼里一时闪动着兴奋的光芒。金贵看见堂嫂的两个哥，还有秀梅那个大舅和龙理事，他们各自站在大门两边，忙碌清点着一沓沓现钞。这票子数得太不容易了，金贵一个转身，仰望着墙上的竹画，这时，他仿佛才真正发现竹海的美丽。这个硬汉的脸上悄悄淌着泪水。他走出大门，一抹金色的阳光照耀在他的身上。

第二十三章

　　祝乡长驾着她那辆越野车又来到了梭罗寨，来得匆匆忙忙，她把车子停在花鼓广场上，与金贵登上竹海风景区外的一座山头上，指着对面的荒山说："这里规划种上黄竹，输入你梭罗寨的模式，安置那边大山搬出的贫困户。"她又问金贵，"竹业加工厂解决一百名指标进厂没有问题吧？""我们正在扩大车间，没事的。"金贵说，"这是帮扶，我们应该安排。"金贵回答的语气很坚定。祝乡长听了默默点头。接着她把建设一座新竹寨的任务交给他。说从县里争取到搬迁的资金，安置从那边大山搬出的贫困户。金贵接到新建竹寨任务，难得祝乡长对他的这份信任。他带着他这支"狼性"的建筑队伍又干起来了，工地上干得热火朝天。九爷负责的建房竹料加工供不应求，日夜加班加点赶货。半年时间以后，一座上百户的新竹寨拔地而起……

　　这天大清早，九爷特意提着一罐蜂蜜酒来到金贵办公室，说:"我们到山上喝酒去。"金贵响应。"对,太累了,应该放松一下了。"他说。金贵打电话叫上七哥和八弟,九爷提着他的蜂蜜酒,八弟拿起四个酒碗,一起爬上寨背后那道倔强的山脊,站着仰望东边的天际。一阵晨风扑面,呼吸甜润的空气,几只蜜蜂空中盘旋飞舞,嘤嘤嗡嗡乱叫。一轮旭日从对面的山顶升起来了,四人披着一身的辉煌,又遥望这边山下的竹海和竹寨。金贵心里暗自想着,种下一棵竹,十多年间从土地上种出了五座新的竹寨,种出几千亩竹海的旅游风光,一时间兴奋无比。九爷把四人的酒碗斟满了酒,端起酒碗先敬大地,往地上洒下酒。又敬上苍,举碗朝天敬拜。沉默片刻,酒碗在手,拿起咕噜咕噜地一个劲喝完,深喘一口气,又把酒添上……心绪放松了。霎时,一缕缕炊烟四浮,白如乳酪。奔腾的晨雾朝着山脊飘游而来!对面山上的阳雀叫了,一个崭新的春天悄然来临……

2021年7月30日再次修改

后记

《大地回声》历经一年多时间反复修改，今年在四川文艺出版社出版。心里感到莫大的宽慰。

我的祖祖辈辈都是种地的庄稼人，自己是一个乡下人，对农村生活并不感到生疏。追忆中国农村改革的那段历史，在80年代初期，农村实行改革，土地包产到户的第一个年头，我和父亲披星戴月，辛勤躬耕家里的田亩。那年秋收时竟收到一百多挑（担）稻谷进仓。那天下午，我和父亲把晒干的稻谷挑进一个大土仓里，父亲双手捧起颗粒饱满而金灿灿的稻谷，看了又看，久久没有放下，他那张刻满皱纹的脸上浮现出喜色。一见他那愉悦的神色，当时我认为：父亲只不过对收获的劳动果实一时激动而已。现在看来，其实不然，他这举动，当时就代表着那一代农民对农村改革的拥护和感受到切身利益的实惠！

庄稼人每年跑坝子种着粮食，很快解决了温饱问题。进入90年代后，农村改革进入转折期，庄稼人困惑了，不管在土地上怎么摆弄，已经种不出挣钱的物产了，仅靠种粮也种不出效益了。

在谋求新的发展的路上遇到新的问题了。我记得,那一年农民种植黄麻,说是种一亩黄麻可以抵上三五亩水稻的收入。庄稼人朴实,一个小镇就种植了几百亩的黄麻,谁知,天有不测风云,到了收割期,市场上黄麻垮价了,几角钱一斤都无人问津,最后以失败告终。农民种麻买不出钱。受到损失,一系列连锁反应的事在小镇出现。

至今农村发生翻天覆地的巨大变化,毫不夸张地说,这是农民到沿海打工带来的好处。那个时期,沿海珠江三角洲一带世界工厂遍布,"三来一补"外贸出口拉动强劲。世界工厂需要大量劳动力务工。庄稼人遇上了机遇,每年春节过后,男男女女倾寨出动,有的到沿海浙江、广东打工;有的到福建帮人家种树;有的到洞庭湖帮割芦苇。一年劳作虽然辛苦,但得到收入是种庄稼的好几倍。而且通过打工,在外开阔眼界,学到见识,手中资本逐渐有些积累,人们开始建起一幢幢新的砖瓦房,村容村貌大变样!有的农民深有感触地对我说,只有到外打工,我们才有钱修起房屋。

正是脱贫攻坚关键时刻,我去了一个边远的贫困村采风。我在那个村寨住了两个晚上,因为这个年轻村长是我们县作协会员,平常喜欢写些诗。当我和他聊到出外打工和发展产业脱贫的话题,他说:"现在的农民出外不好打工了,关键要发展产业,若是一个村寨没有产业带动和支撑,很难维系。"他所在的村产业多年发展不起来,已经留不住人了,变成空壳村了。巩固脱贫攻坚成果以及农村振兴任务十分艰巨。他说话中带着几分忧虑感⋯⋯这时我忽然发现了素材,想起不久曾去过大山深处一个村寨,采访过农民靠在土地上种竹从而实现富裕的事迹。亮点是农民守住了土地和村庄，新时代就需要这样的样本。于是想着要创作一部以土地为背景的长篇小说。以此村寨为原型，诉说新一代农民坚守土地，发展产业，向往幸福生活的励志故事，让人们在奋斗中看见希望，感觉到人生奋斗的美丽。这是《大地回声》创作的初衷！

2022年1月20日